한 장의 사진은 과거의 기억일 뿐만 아니라 기억의 보고寶庫이다. 우리는 사진을 통해 과거를 기록할 뿐만 아니라, 그것을 되살릴 수 있다. 롤랑 바르트

이 도서의 국립중앙도서관 출판시도서목록(CIP)은 서지정보유통지원시스템 홈페이지
(http://seoji.nl.go.kr)와 국가자료공동목록시스템(http://www.nl.go.kr/kolisnet)에서
이용하실 수 있습니다.(CIP제어번호: 2014018075)

최후의 언어

나는 왜 찍는가

글·사진 이상엽

북멘토

일러두기

외국어의 표기는 국립국어원의 외래어표기법을 따랐으나 인명, 지명 등의 경우 역사, 문화, 사회적으로 일반화된 표기를 가급적 살렸다.

차례

적멸, 뜨겁고 허망한

필름에 대한 옹호

겨울이면 내 사무실은 죽음이다. 해방 전에 지어졌을 것이 분명한 이 건물은 사거리 코너, 건물과 건물 사이 자투리 땅 여섯 평에 서 있다. 옥탑방까지 해서 4층으로 올려진 이 건물에는 당연히 단열재가 없다. 오히려 벽돌은 차게 냉각되어 실내를 더욱 꽁꽁 얼게 만든다. 난방 시설도 전무해 전기로 간신히 공기를 데운다. 겨울철 사무실에서 가장 견디기 어려운 것은 손이 곱는 것이다. 글을 칠 수 없다. 키보드로 말이다. 그래서 올해는 사무실에 핫팩을 쌓아 놓았다. 손이라도 따듯해야 뭘 할 수 있을 것 같아서다.

창밖으로 횡횡 매운바람이 지나고 스피커에서는 〈모차르트 레퀴엠 KV

626〉이 흐른다. 그라모폰이 출시한 헤르베르트 폰 카라얀의 음반이다. 겨울날 레퀴엠이라. 죽음이다. 장중한 합창이 틱틱 바늘 튀는 소리와 함께 손바닥만 한 내 작업실을 채운다. 스크루지 영감을 찾아왔던 유령이 내 등 뒤 문 앞에 있을 법한 일요일 밤, 나는 글을 쓴다.

아날로그에 실려 오는

죽음의 멜로디　　　　　　　　　　　—

　　　　　　　　　　　　　내 사무실에는 컴퓨터를 빼면 디지털 기기가 별로 없다. 음악은 턴테이블로 듣고, 난로는 그 흔한 디지털 센서 하나 붙어 있지 않다. 거의 아날로그 기기들이다. 책꽂이에 쌓여 가는 필름과 밀착 인화지도 그렇다. 여전히 필름카메라를 쓴다. 전체 작업량의 30퍼센트는 필름으로 작업하고 있다. 꽤 돈이 들어가는 일이지만 위태로워 보이는 외장 하드 대신 위안을 얻는다. 뭔가 물질로 남아 있다는 것이 미래를 위한 보험처럼 느껴진다고 할까. 그래서 취재를 갈 때 필름카메라 한 대는 꼭 가방에 넣고 다닌다.

　디지털카메라를 사용하더라도 필름 두 통 이상은 찍어 온다. 총 72컷. 바쁘게 셔터를 눌러야 하는 일이 아니니 그리 많이 찍지 않아도 필요한 만큼의 이미지는 나온다. 십여 년 전에는 한 통에 한 장이라고 생각하고 눌렀지만 지금 그리했다가는 재료비를 감당할 수 없다. 천천히, 가끔, 결정적일 때 눌러 준다. 그러고는 현상하여 밀착 프린트를 해서 보관한다. 당장 스캔해서 이용할 일은 없다. 대부분 기고되거나 웹에서 사용하는 것은 디지털카메라로 찍은 디지털 파일을 사용한다. 그렇게 모아 두었다가 시간이 지난 후에 다시 보며 이리저리 이야기를 구상할 뿐이다.

요즘 필름카메라를 쓰는 사람은 십 퍼센트도 안 될 것이다. 사무실이 있는 충무로에는 카메라점이 열 군데도 넘는데, 쇼윈도 앞을 서성이면서 내가 군침을 흘리는 것들은 거의 철 지난 필름카메라들이다. 전에는 비싸서 언감생심 잡아 보지도 못했던 것들이 너무 착한 가격에 나와 있다. 예를 들면 라이카의 M6가 그렇고 캐논의 EOS1v가 그렇다. 니콘의 F6는 그렇다 쳐도 중급 보디들은 십만 원 안팎이다. 그렇다면 문제는 필름이다. 조만간 코닥은 법정관리에 들어갈 텐데, 그렇게 되면 앞으로 생산될 필름의 가격이 만만찮을 것 같다. 약품과 인화지 값도 계속 오를 테고, 결국 아끼고 귀하게 작업하는 수밖에 없다. 미술하는 사람들이 종이 마구 쓰고 물감 마구 쓰는 일 없듯 말이다.

카메라.

필름을 어찌할까? —

　　　　그래서 전에 어떤 사진들을 찍었나 하고 밀착 프린트를 들여다보다가 문득 이 겨울의 황량한 들과 산으로 떠나고 싶어졌다. 적당한 핑계가 필요했다. 이때 번쩍 눈에 들어 온 것이 지관 스님 입적이었다. 해인사에서 다비. 1993년 초짜 사진기자 시절 해인사에 가서 성철 스님 다비식을 찍은 지 20년 만이다. 당장 몇 군데 전화를 돌려 함께 갈 지인들을 물색했다. 차가 있는 이라면 더욱 좋다. 나 같은 뚜벅이는 이런 취재에 난감하다.

먼저 카메라를 챙겼다. 단돈 십오만 원에 구입한 니콘의 FA가 있다. 니콘 마니아들도 낯설 것이다. 니콘은 카메라에 F를 부여한다. 플래그십 보디는 F~F6까지 있다. 그 곁가지로 중가의 보디들이 있다. FM은 F 매뉴얼이다. 수동기라는 뜻이다. FE는 F의 일렉트로닉 버전이다. 조리개 우선인 A 모드가 장착됐다. FA는 오토매틱이다. 조리개 우선 A, 셔터 우선 S, 완전 자동 P까지 지원한다. 동시대에 나온 F3에 비해 뒤질 것이 없는데 포지션이 어정쩡하다. 그래서 생산된 지 얼마 안 되어 사라져 버렸다. 니콘 카메라는 흔하지만 이 FA는 드물다. 그래서 자주 사용하지 않아도 갖고 있다. 렌즈는 지원받았다. 모르긴 해도 당대 가장 비싼 SLR(일안반사식 카메라)용 35mm 렌즈다. 칼 자이스의 35mm f1.4F 마운트 렌즈. 일본 코시나와 제휴로 제작되는 이 렌즈는 수동 초점 방식이다. 그 흔한 AF에 초음파 모터도 장착하지 않은 이 대구경 렌즈는 오직 크기로 압도한다. 밝기뿐 아니라 그 만듦새도 매우 견고하다. FA에 MD12 모터드라이브까지 장착을 해야 그나마 균형이 맞다. 무게가 만만찮지만 오랜만에 수많은 사진가들과 어깨 부딪힐 야전을 생각하면 이 정도쯤 문제가 되지 않는다. 필름은 늘 코닥의 명품, 트라이-엑스다.

2012년 월 5일 분당 야탑역 앞. 사람들이 모여들었다. 이갑철, 이한구 등 평소에도 자주 보는 사진가들이다. 이 중에 불교 신자가 있었던가. 개신교 한 명, 유물론자 한 명이 있는 건 확실하다. 하지만 모두들 어디에서도 이 다비식을 찍어 달라는 요청을 받지 않은 완전한 자유 취재라는 공통점이 있다. 그래서 홀가분하게 떠났다. 해인사가 있는 합천 가야산까지는 이래저래 4시간. 하늘은 어두워지고 있고 눈발까지 날린다. 내일 날씨가 어찌 되려나? 해인사 앞 식당가에서 능이버섯국을 든든하게 먹고 이갑철 선배의 지인 집에서 여장을 풀었다. 막사발을 만들던 분이 요즘은 달항아리를 만든다고 한다. 가마와 함께 흙집을 지어 산중에 살고 있다. 바닥은 절절 끓고 웃풍은 써늘한 그런 옛집에서 우리는 다디단 잠에 들었다.

20년 만에 다시 찾은

해인사 다비식

2012년 1월 2일 입적한 지관 스님이 6일 오후 1시 30분, 경남 합천군 가야산 해인사 연화대 다비식장에서 강렬한 불꽃 속에 적멸했다. 그가 출가한 해인사의 해인은 '부처의 지혜로 우주의 모든 만물을 깨달아 아는 일'이라 했는데, 지관 스님에게 이보다 맞춤한 말은 없다. 그는 현대 한국불교의 고승 비문을 총정리한 『역대 고승 비문』 일곱 권을 남겼고, 한국불교 백과사전인 『가

가야산 오솔길로 수많은 만장들이 이어진다. 합천 해인사에서 열린 지관 스님 다비식에 모인 신도들은
수천을 헤아렸다.

NIKON FA, Carl Zeiss Distagon T* 35mm f1.4 평온한 해질녘

해인사에서 출가했거나, 동국대에서 지관 스님에게 배운 젊은 승려들이 모여들었다. 영결식장에서 자세를 가다듬는다.

NIKON FA, Carl Zeiss Distagon T* 35mm f1.4 필름 해인사

산불교대사림』은 이미 나온 13권에 이어 나머지 7권의 윤문 교정까지 손수 해 놓은 상태였다. 이처럼 이판승으로서의 면모뿐 아니라 조계종 총무원장을 맡아 불교계 화합과 비판정신을 이끌어 낸 사판승의 면모까지 보였다. 1만여 명의 사부대중이 모인 가운데 1,500개의 만장이

최후의 언어

실내에 마련된 분향소와 앞마당의 영결식장에 마련된 영정이 나란히 한 프레임에 들어왔다. 성철, 혜암 이후 해인사에서 열린 손꼽는 규모의 다비식이다.

NIKON FA, Carl Zeiss Distagon T* 35mm f1.4 필름반 왜인사W

휘날렸던 이날 다비는 다음 날 재가 식은 뒤 제자 스님들이 타고 남은 뼈를 수습하는 습골로 마무리되었다.

    함께 간 우리는 다비장 언덕에서 하얀 연기를 내뿜으며 천천히 타오르는 고인의 육신과 장작을 바라보고 있었다. 스무 해 전과 무엇이 달라졌을까? 나는 얼마나 재능 있는 사진가일까? 성철 스님 다비 때는 2년 차 사진기자였다. 당대 고수들이 모두 이곳에 모여 사진을 찍었더랬다. 그중 가장 인상적인 사진가는 옆에 있는 이갑철 선배였다. 20년 전이니 이갑철은 당시 30대 중반, 나는 이제 40대 중반이다. 30대 중반에 성철 다비식을 찍어 『충돌과 반동』에 실은 사진은 '귀기' 그 자체였다. 하지만 40대 중반을 훌쩍 넘어 버린 나는 얼마나 성장했고 얼마나 선배 사진가들보다 진일보했나 생각해 본다. 물론 당시의 느낌, 눈에 들어오는 사물, 주목하는 이야기가 다르다. 그때보다 아쉬운 것은 열정과 호기심 정도랄까.

오늘 편하게 찍었다. 주변도 여유 있게 돌아볼 수 있었다. 직업으로 사진을 찍는 사람이 너무 태평한 소리를 하고 있는 것은 아닌가?

필름에 대한 옹호,
여전히 쓸 만한 필름카메라 —

사실 태평한 것이 맞다. 디지털카메라를 들고 있었다면 정말 바쁘게 돌아다녔을 것이다. 성철 스님 다비식에서는 당연하게도 필름을 사용했지만 지금은 주변 모두가 디지털이다. 필름 걱정 비용 걱정 안 하고 얼마든지 찍을 수 있다. 얼마 전까지만 해도 카메라 쓸 일이 있으면 필름을 사러 갔지만 요즘은 CF카드를 사러 간다. 2000년대 초반부터 본격적으로 출시되기 시작한 디지털카메라가 사진 시장을 장악하기까지 채 5~6년 정도밖에는 걸리지 않은 듯하다. 디지털이냐, 필름이냐를 가지고 논쟁하던 것도 이제 와서는 새삼스럽다. 이제 프로 사진가이든 아마추어 사진가이든 필름카메라를 사용하는 사람은 10퍼센트가 채 되지 않을 듯하다. 기술의 발전뿐 아니라 대형 자본의 마케팅은 우리의 세상 보는 방법까지도 바꿔 놓은 것이다.

주변에서 "그럼 당신은 무얼 쓰는가?"라는 질문을 종종 받는다. 사람들은 "프로 사진가는 당연히 필름을 사용"하겠거니, 또는 "작품은 여전히 필름으로 하지 않나?"라고도 한다. 하지만 나 역시 디지털카메라를 사용한다. 작업 분량의 약 70퍼센트 정도일 듯하다. 하지만 여전히 한쪽 어깨에는 필름카메라가 들려 있다. 인터넷에 연재하는 포토에세이나 개인 블로그는 말할 것도 없고 신문이나 잡지의 인쇄용 사진까지 디지털카메라로 찍은 파일을 이용하면서, 굳이 필름을 사용해 현상과 인화라는 귀찮은 과정을 거쳐야 하는 필름카메라를 들고 다니는 이유는 뭘까?

가장 현실적인 이유는 디지털카메라의 화질이 아직은 필름보다 못하다는 기술적 한계에 있다. 화소 수가 2천만 화소를 넘어가고 있지만 중형 필름의 해상도에 비하면 아직도 가야 할 길이 멀다. 특히나 1미터 가까운 대형 프린트를 보여 줘야 하는 요즘의 사진계 풍토로 볼 때도 해상도 문제는 여전히 디지털카메라에 남겨진 숙제다. 게다가 디지털 사진은 여전히 색상과 입체감에서 다소 비현실적으로 보이는 구석이 있다. 최근에는 필름의 맛을 내기 위한 특정 필름 '모드'가 장착되기도 하지만 이 역시 아직은 더욱 진보된 기술을 기다려야 하는 입장이다.

하지만 디지털카메라가 필름카메라가 재현했던 사진 이미지에 영도달할 수 없다는 이야기는 아니다. 아니 조만간 넘어설 것이다. 하지만 그런 때가 와도 절대 풀리지 않을 숙제가 있다. 그것은 피사체를 대하는 사진가의 태도이다. 필름카메라는 하루 종일 열심히 찍어도 10롤을 넘지 못한다. 컷 수로 360컷! 디지털카메라로는 한 시간 작업량도 안 된다. 그리 보면 우리는 필름카메라 시대에 비용의 노예였든지, 디지털카메라 시대에 이미지를 남발하고 있든지 둘 중 하나일 것이다.

하지만 더욱 중요한 것은 필름카메라는 한 컷 한 컷 넘어갈 때마다 빛을 철저하게 읽고 상황도 살펴야 한다는 점이다. 피사체만 보는 것이 아니라 배경도 고려해야 한다. 그리고 단 한 장을 찍는다. 이런 상황은 사진에 대한 사진가의 자세를 아주 진지하게 만들어 준다. 그리하여 필름카메라는 "사진을 찍는다는 행위는 조급히 이루어야 할 무엇이 아니라 '느림'으로 완성된다"는 교훈을 준다. 저명한 평론가이자 작가였던 수전 손택은 카메라에 대해 이렇게 언급했다.

"카메라가 정밀해지고 자동화되며 정확해질수록, 사진가는 스스로를 무장해제시키거나 자신은 사실상 (온갖 카메라 장비로) 무장한 적이 없다고 주장하려는 충동에 빠지게 되며, 근대 이전의 카메라 기술이 낳은 제약에 스스로 복종하고 싶어 한다. 훨씬 투박하고 성능도 덜한 기계가 훨씬 흥미롭고 표현력도 풍부한 결과를 가져오고, 창조적인 우발성이 일어날 여지를 더 많이 남겨 준다고 믿으며 말이다."

카메라 중고 시장에 가 보면 필름카메라는 이제 쇼윈도의 명당자리를 디지털카메라에 내주고 뒤켠에서 조용히 먼지를 쓰고 있다. 하지만 당대 최고의 기술로 만들어진 카메라가 그리 쉽게 사라지겠는가? 디지털카메라와 동급의 성능을 지닌 필름카메라는 이제 가격이 1/5밖에는 안 된다. 디지털카메라로는 필름 값을 아낀다지만 폭락한 필름카메라를 사고 나머지 돈으로 필름을 사용하는 것은 어떨까? 다 생각하기 나름이다.

여전히 세상은

아날로그다

                    필름을 한 장 한 장 넘겨 본다. 중년 여성들이 다비장을 바라보며 쉼 없이 염불을 외고 있다. 가끔은 하늘을 바라보며 태양이 색깔을 바꿨다면서 말도 안 되는 기적을 소원한다. 집사람도 몇 해 전 집 근처 미타사라는 절에 다녔다. 마음고생을 한 것 같다. 하지만 절 다니는 것도 그만두고 지금은 심리학 공부 모임

NIKON FA, Carl Zeiss Distagon T* 35mm f1.4 필름 해강X

다비장 기슭 소나무 숲에 많은 신도들이 자리를 뜨지 않고 염불을 외운다. 보통 36시간 이상 타오르는
불길을 끝까지 지키는 이들도 있다.

을 한다. 그것이 종교에 의지하는 것보다 건강해 보인다. 하지만 공부
할 수 있는 이성마저도 희미해질 무렵에는? 나는 종교가 없다. 아니
오히려 종교에 대해서는 리처드 도킨스 이상으로 무신론자이자 유물
론자다. 하지만 사진을 찍을 때는 범신론자가 되어 버린다. 인간의 정

최후의 언어

지관 스님은 해인사에서 출가해 가야산을 딴 가산이라는 법호를 얻었다. 그의 호를 딴 한국불교 백과사전인 『가산불교대사림』 20권은 대단한 업적이다. 그의 제자들은 학승들이다.

NIKON FA, Carl Zeiss Distagon T* 35mm f1.4 렌즈로 촬영

신만으로 세상과 대항할 수 없는 무수한 인류를 보았기 때문이다. 가난하여, 못 배워서, 아파서 자신의 권리를 박탈당하고 한없이 세상을 원망할 수밖에 없는 자들의 요구이자 신념이다. 그리하여 저 죽음은 누구의 것일까? 그저 죽은 자의 권위에 기댄, 산 자들의 잔치가 아니

가야산을 휘감는 연기 속에 적멸해 간다. 다비는 뜨겁고 허망하다.
죽음 후에 불타오르는 이 현실적 모순이 나는 어쩐지 불교답게 느껴진다.

NIKON FA, Carl Zeiss Distagon T* 35mm f1.4, 한계령 해인사

길 기대해 본다. 건너가자, 건너가자. 넘어서 건너가자. 모든 것을 넘어서 저 언덕으로 건너가자. 그곳에서 깨달음을 얻으리라. 아제아제 바라아제 바라승아제 모지사바하.

1

재빠른 이미지 또는 결정적 순간—소형 카메라

가난한 사진가의
고기리

지난봄, 아팠다. 이리저리 육체를 소진하느라 탈이 난 것도 몰랐다. 한 달쯤 병원에 입원하고는 새집으로 갔다. 그사이 가족들이 이사를 했기 때문이다. 버스를 타고 경부고속도로를 지나 용인에서 다시 마을버스를 타고 30분을 들어가니 오른쪽으로는 계곡이 흐르고 왼쪽에는 광교산이 솟아 있다. 이 낯선 곳에서 살 생각을 하니 차라리 다시 병원으로 가고 싶어졌다.

흔히 생각하는 그런 전원생활을 즐기려고 이 먼 고기리까지 이사를 온 것은 아니다. 평생 사진만 찍고 살아왔으니 가산이 넉넉할 리도 없다. 한때는 도심에 있는 작은 아파트도 가져 봤지만 결국 은행 빚 청산하고 다시 무주택자가 되었다. 사실 주거는 사는 데 그렇게 큰 문제가 되지 않는다. 언제나 먹고사는 것이 문제다. 게다가 아이들이 셋이나 되는 처지는 도시 생활의 미래를 무척이나 어둡게 한다. 마침 고등학생인 큰아이가 다니던 학교를 때려치웠다. 그리고 스스로 용인에 있는 대안학교에 편입학을 한 것이다. 다행히 특성화학교로 지정된 곳이어서 학비 걱정은 없었다. 우리 부부는 고민해야 했다. 도심에서 계속 살아갈 것인가? 지속 가능한 삶을 모색할 것인가?

고기리의
사계

눈이 펑펑 쏟아졌다. 고기리는 온통 하얀 눈밭이 됐다. 묘한 감동과 불안이 교차한다. 아니나 다를까? 시간당 두 번 다니는 마을버스가 끊어졌다. 말 그대로 고립이다. 전에는 텔레비전에서나 보던 풍경이 당장 내 일이 되었다. 이왕 이렇게 된 것, 전화로 약속을 모두 취소하고 들르기로 했던 전시장도 사정상 못 나가게 되었다 연락하고는 카메라를 메고 집을 나선다. 하늘에서 내리는 눈은 그대로 쌓여 장딴지까지 빠진다. 도심형 사진가는 이런 아웃도어, 별로다. 눈 내린다고 바로 짐 싸들고 지방으로 향하던 갑철 선배가 생각난다. 앞마당에서 이리저리 뛰는 쫑이가 애처롭게 날 바라본다. 목줄을 풀어 주니 저만치 앞서 나간다. 지난봄 이사 와 아이들 성

아침에 일어나 본 창밖 풍경. 묘한 감동과 불안이 교차한다. 평생 도심에서 살았기 때문이다.

Minolta X-700 24mm Kodak E100VS

화에 못 이겨 이웃의 강아지를 받아 왔다. 어미는 족보 있는 리트리버인데 아비는 알 수 없다. 대형견이라 벌써 덩치가 산만 하다. 개가 낸 발자국을 따라가는 내 모습에 저절로 다른 삶을 살고 있음을 느낄 수 있다.

처음 이사 와서는 적응하지 못했다. 한 이틀 펜션에 머물러 온 것 같았다. 그것이 하루가 지나고 이틀이 지나자 생존이 되어 버렸다. 갑자기 수도가 고장 나자 화장실은 물론 취사까지 모두 멈춰 버렸다. 스스로 문제를 해결하든지 도망을 가든지다. 여기는 경비실도 없고 관리사

Minolta CLE 28mm Kodak E100VS

고기리에 눈이 펑펑 쏟아지던 날, 마을버스가 불통이다. 도심에서 살 땐 남 일 같던 고립이라는 뉴스가 이젠 내 일이 되어 버렸다.

무실도 없다. 내가 경비원이고 내가 관리인이다. 퇴원하고 한동안 요양을 할 줄 알았던 기대는 낯선 집에 적응하느라 흘러가고 있었다. 그 사이 봄이 가고 여름이 왔다. 산과 계곡은 푸름으로 충만하고 사방은 풀벌레 소리로 가득하다. 아이들은 이제 시골 학교에 적응했다. 사교육은 없다. 그저 학교 갔다가 돌아와 친구들과 노는 것으로 충분하다.

최후의 언어

한여름 아내가 쫑이를 산책시키고 있다. 태어난 지 5개월 만에 다 큰 개처럼 덩치가 커져 버렸다. 촌의 삶은 사람만 사는 것이 아니다.

Minolta X-700 50mm Kodak E100VS

나는 일곱 살 막내와 계곡을 탐구했다. 광교산에서 내려온 물이 동막 천을 이루고 하류로 흘러 낙생저수지로 모인다. 집 앞 계곡물은 놀랄 정도로 맑다. 1급수에 산다는 버들치, 갈겨니가 천지다. 주말에는 종 종 견지낚싯대를 들고 계곡으로 나간다. 부드럽게 휘어지는 낚싯대에 감긴 줄이 팽팽해지면 저 끝에서 전달되어 오는 에너지가 온몸으로 느

단풍 든 고기리 계곡과 동막천. 광교산에서 내려오는 맑은 물은 1급수종들의 보금자리다.

껴진다. 물론 건져 봐야 손바닥만 한 놈들이지만 말이다. 그리고 소리 없이 가을이 왔다. 광교산 자락이 단풍으로 붉게 물들 때 나는 집 주변을 찍어 볼 요량으로 미놀타를 꺼내 들었다. 이 카메라와 렌즈 중에는 '가난한 사진가의 라이카'라는 별칭이 붙은 것들이 있다.

가난한 사진가의 라이카,

미놀타 CLE　　　　　　　　—

　　　　　　　　　　　1972년 라이카는 일본의 미놀타 사와 새로운 카메라를 위해 협조한다. 과거 M3의 명성을 이어 가지 못했던 라이카는 일본의 저렴한 노동력과 높은 기술력을 이용하기로 하고 새로운 M형 카메라 CL을 개발한다. CL은 '콤팩트 라이카'의 이니셜로 짐작된다. 크기와 가격을 대폭 낮춘 이 카메라의 보디는 미놀타가 생산하고, 렌즈 40mm와 90mm는 라이카가 생산했다. 이 작업은 꽤 좋은 평가를 받아 본격적으로 라이카 SLR카메라를 개발하기로 한다. 이 결과물을 라이카는 R-3로 미놀타는 XD-7으로 세상에 출시한다. 렌즈도 몇 개 공동으로 설계해서 발표하는데 라이카는 주미룩스 50mm와 엘마리트 24mm, 미놀타는 MC 로코르 PG 50mm와 MC 로코르 SI 24mm가 그것이다. 이것은 재료만 다를 뿐 완전한 쌍둥이 렌즈들이다.

　이 카메라와 렌즈 들이 가난한 사진가들의 라이카로 불린 것은 일본인들이 그리 이름 붙인 탓도 있겠지만 정말 저렴하기 때문이다. 미놀타의 구형 렌즈들은 요즘 시중에서 5만 원에서 10만 원 내외다. 동일한 설계의 라이카 렌즈들에 비해 1/10 가격도 안 된다. 이 렌즈에 보디로 미놀타가 대량 생산한 X-700을 사용하면 훌륭한 궁합을 이룬다. 그리고 몇 년 후 미놀타는 라이카와 제휴 관계를 끝내고 독자적으로 라이카 M마운트를 탑재한 CL의 후속기 CLE를 출시한다. 이름 마지막에 붙은 E를 통해 전자식을 채용한 것을 알 수 있는데 당시로서는 라이카에도 없던 A모드를 가졌다. 렌즈는 독자적으로 28mm, 40mm, 90mm를 함께 출시했다. 그 외에도 라이카 렌즈는 모두 사용할 수 있다. 1980년 당시 8만 엔 정도의 싸지 않은 가격이었지만 라이카 M6에 비해서는 형편없이 저렴한 가격이었다. 그래서 이 카메라는 일본의 사진가들에게 '가난한 사진가의 라이카'였던 것이다. 요즘은 어떨까? 그다지 싸다고는 할 수 없다. 생산 대수가 그리 많지 않을 뿐만 아니라 여전히 훌륭한 디자인과 콤팩트함, 견고함과 편리성까지 두루 갖추고 있어 인기가 좋은 편이다.

카메라를 챙기고 냉장고에서 필름도 몇 롤 꺼내 가방에 넣는다. 이제는 얼마 남지 않은 E100VS 필름이다. 코닥이 생산을 중단해 정말 아껴서 찍어야 한다. 집 앞 계곡에서 출발하면 동막천의 끝 낙생저수지까지 5킬로미터 정도 된다. 천천히 걸어가면서 이리저리 풍경을 감상한다. 왜가리나 백로 같은 여름철새들이 여전히 보이고 청둥오리 같은 겨울철새들도 날아와 있다. 수면을 재빨리 차고 지나가는 물새들과 이

Minolta CLE 28mm Kodak E100VS

용인시 수지구 낙생저수지. 동막천이 모여 제법 큰 자연습지를 이룬다. 왜가리 같은 여름철새부터 청둥오리 같은 겨울철새까지 날아드는 멋진 곳이다.

름도 모르는 산새들이 숲과 계곡에 가득하다. 망원렌즈가 없어 그저 눈과 귀로 감상할 뿐이다. 그렇게 걸어 저수지에 도착하면 자연습지가 무심하게 펼쳐진다.

그래도

삶은 계속된다　　　　　　　—

　　　　　　　　가난은 상대적이다. 요즘 절대적인 가난은 보기 힘들다. 나 역시 사진을 시작할 때인 20대 중반보다는 훨

최후의 언어

동막천으로 눈이 내린다. 저 돌 틈 속에는 알을 낳고 내년 봄을 기다리는 무수한 생명들이 있을 것이다. 내 새로운 삶이 이 리듬을 타고 있다.

Minolta CLE 28mm Kodak E100VS

씬 가진 것이 많으니, 그저 동년배들보다 상대적으로 가난할 뿐이다. 어쩌면 그 가난을 안고 사는 적극적 선택이 이곳으로 이끈 건지도 모르겠다. 어차피 이 직업으로 부자가 되긴 힘들 테니 마음이라도 편히 사는 것이 건강에 좋다 위안 삼아 보는 것이다. 하지만 사회의 불균형 속에 늘 가난한 처지라면 마음은 불행할 것이다. 우리 사회는 그런 상대적 가난이 고통스런 이들로 넘친다. 사진가라는 외피를 벗고 그들의 벗이 되어 보겠다고 진보정치에 뛰어들어 5년을 보냈다. 하지만 여전히 나의 카메라는 무력했고 나의 글은 공허했다. 19대 대통령선거가 있었던, 앞으로 5년이 결정된 밤에 꾸역꾸역 글을 썼다. 그리고 또 깨닫는다. 그래도 삶은 계속된다는. 맞다. 앞으로 5년은 집 앞 풍경도 좋지만, 여전히 가난한 이들과 함께 거리에 있어야 한다.

고기리 풍경은 그저 나만의 풍경으로 당분간 두어야 할 것 같다.

황해 바닷길에서
평화를 꿈꾸다

오래전부터 DMZ라 불리는 비무장지대를 돌아다녔다. 이 비무장지대는 38도선을 오르락내리락하면서 강화 교동도에서 고성까지 이어져 있다. 그런데 이 휴전선이 이상하게 꼬인 곳이 있다. 통칭 서해 5도라 불리는 백령도, 연평도, 대청도, 소청도, 우도다. 이 섬들은 원래 황해도 장연군, 벽성군에 속했는데 전쟁 중에 남측이 점령하면서 해상 북방한계선인 NLL 안에 놓이게 됐다. 그런데 유엔 측과 북한 측이 협의한 것이 아니라 일방적으로 그어 놓은 선이라 지금도 문제가 되고 있다. 남에서는 북의 코앞에서 공격할 수 있는 유리한 거점이고, 북에서는 무력화해야 할 1순위 공격지점인 것이다. 이러하니 연평해전, 연평도 포격 사건, 천안함 침몰 사건 등 남북 간 분쟁이 끊이질 않는다.

분쟁의

섬들

　　　　　　　　　　나의 서해 5도 첫 방문은 연평도였다. 이제는 올라오지도 않는 조기를 취재하러 간 것이다. 조기의 신으로 모셔지는 임경업 장군의 사당과 그를 모시는 만신이 주관하는 띠뱃놀이를 취재하기 위해서였다. 두 번째 방문도 역시 연평도였다. 하지만 이번에는 북한의 폭격으로 주민 하나 없는 연평도에서 무너진 집들과 주인 잃은 개들만 찍었다. 임순례 감독과 함께 떠돌이 개들을 돌보는 것이 사진 찍는 일보다 중요했다. 세 번째 방문은 백령도였다. 인천 아트플랫폼의 입주 작가들과 함께했다. 말로는 내가 그들의 멘토가 되어 서해 5도를 설명하라는 것인데, 사실 작가 중에는 인천 출신도 있고 나보다 나이 많은 사람도 있다. 애당초 멘토는 어울리지도 않고 나역시 이곳을 공부하고 기록하는 학생이나 마찬가지다.

　우선 서해라는 말을 정리할 필요가 있다. 서해보다는 황해가 정식 명칭이다. 우리 쪽 표현 서해보다는 황해^{黃海}, 영어 'Yellow Sea'가 국제적인 공식 명칭이다. 또한 황해는 우리 정부의 공식 표기이기도 하다. 반면 서해^{西海}는 우리나라를 기준으로 서쪽에 있는 바다라는 뜻으로 우리만 쓰고 있는 관용적 명칭이다. 대한민국, 조선민주주의인민공화국, 중화인민공화국 3국의 공동 명칭으로 황해가 적절하다. 이 황해는 북·동·서 모두 육지로 막혀 있고 남쪽으로만 열려 있어 지중해에 가깝다. 이러한 지리적 이점으로 고대부터 연안 항해술이 발전해 육로에 버금가는 문명의 통로로 이용되어 왔다. 연안 항해에는 한·중 간의 연안을 이용하는 북방 연해로와 한·중을 횡단하는 북방 횡단로가 있었다.

동북아시아를
이어 주는 뱃길

　　　　　　　　　가장 오래된 뱃길은 한·중 연해로다. 이 항로에 대한 가장 오래된 기록은 『시경』과 『논형』에 기록된 속지와 해외에 대한 기록으로, 해외란 산둥반도, 발해만, 랴오둥반도, 한반도 서해안을 일컫는다. 제나라 공자가 언급한 동이는 바다 건너 고조선의 땅이다. 이 항로가 본격적으로 기록된 것은 유명한 서복의 동도 이야기에서다. 중국 원양항해의 효시인 이 사건은 진시황을 속여 불로초를 구하기 위해 수천의 남녀를 이끌고 연안항로를 이용해 일본까지 도주한 일화로 유명하다. 이 항로를 정리하면 산둥반도 등주에서 동북쪽을 향해 대사도, 구흠도 등을 거쳐 북방 랴오둥반도 마석산, 도화포(현 다롄 시)를 거쳐 오골강(현 압록강 하구)을 지나 남쪽으로 향해 오목도(평안북도), 패강(현 대동강) 하구, 초도, 장구진(현 황해도) 진왕석교(옹

진반도), 백령도, 대청도, 연평도를 거쳐 덕적도를 지나면 한강 하구와 당은포(현 경기도 화성시 남양)에 도착한다. 이어 남해 금산에 마애석각을 남겼고 제주도 서귀포의 정방폭포에 흔적을 남겼다. 이후 계속 남진해 일본으로 들어간 것으로 중·일 학계는 추정하고 있다. 중국 학계에서는 일본의 개국왕인 '신무천황'을 서복으로 보고 있다.

　세월이 흘러 한·중 횡단로가 생긴다. 한·중 횡단로란 한반도 서해안에서 황해를 횡단해 중국 동해안에 이르는 바닷길이다. 북방 횡단로라고도 한다. 이 뱃길은 연안항로가 고구려의 색로[塞路](풍수학상 혹은 다른 연유로 이미 있는 길을 막는 일)로 인해 차단되자 새로이 개척된 길이다. 북한과의 관계로 바닷길이 막힌 것과도 비교가 가능할 것이다. 이 길은 백제 개로왕 때(472년) 위나라와 통상하기 위해 만들어졌다. 하지만 무척 험한 길로 초기에는 많은 배가 난파했다. 이 길은 변산반도나 한강 하구에서 출발해 북진하면서 덕적도, 연평도, 대청도, 백령도와 장산 근처에서 급서진해 산둥반도로 향하는 것이다. 지금의 중국 웨이하이로 가는 길이 최단 거리이다. 이 항로는 거꾸로 중국에서도 이용했는데 660년 당 고종이 신라의 요청으로 백제를 정벌할 때 당 장군 소정방이 이 루트를 이용해 한반도에 접근해 덕적도에 군진을 차렸다. 이후 신라와 당의 교통에서 이 루트는 빈번히 사용되어 성덕왕 때 김지량, 일본 승려 옌닌의 이용이 대표적인 예이다. 이후 기록을 보면 임경업이 중국으로 들어갈 때도 연평도를 거쳐 가려 한 듯하다. 설화이지만 〈심

심청각 앞에 서 있는 심청상. 그녀는 꼭 효녀여야 한다. 효는 국가를 지배하는 이데올로기의 중심이었다. 시대가 바뀌어 이제 중심은 아닐지 모르나 여전히 우리 사회를 지배하는 이데올로기 중 하나다.

Canon New F-1, FD 55mm f1.2 SSC

청전〉의 인당수 앞 바다를 백령도로 보는 것은 이곳에서 중국 배들이 서진해 산둥반도로 횡단할 때 거친 바다에서의 무사항해를 비는 제의가 반영된 것이라 볼 수 있다. 지금 백령도 북쪽 황해도 장산곶이 보이는 자리에 심청각을 세워 놓았다. 역사적 인물이 아닌 설화적 인물인데 너무 사실적으로 상을 만들었다.

막 전입 온 해병대 이등병들이다. 그들의 얼굴에서 최전방 섬에 대한 불안감을 본다. 어찌 그렇지 않을까?

Canon New F-1 FD 55mm f/2 SSC

해병대 닮은

캐논 NEW F-1 　　　　　　　　 —

백령도에 들어가는 길은 생각보다 험했다. 안개와 풍랑이 조금만 심해도 배는 뜨지 못했다. 오전부터 기다리기를 4시간. 안개가 조금 걷힌 후에야 고속 페리는 백령도로 출발

최후의 언어

해병대 주 무기가 탱크였던가? 민통선과 비무장지대 곳곳에 놓인 이런 무기들은 관광객들에게 어떤 이야기를 해 주고 싶은 것일까? 사실 비무장이 아니라 과잉무장이다.

Canon New F-1, FD 55mm f1.2 SSC

했다. 고속이라 하지만 배 시간만 5시간. 이 정도 시간이면 국내에서 육로로는 가장 긴 교통 소요 시간이 아닐까 싶다. 이래저래 불안한 마음에 이번에 동행할 필름카메라는 그저 보디에 렌즈 하나만 물려 가기로 했다. 뭘 가져갈까 하다가 캐논의 new F-1과 50mm f1.2를 선택했다. 캐논이 수십 년 동안 카메라를 만들어 오면서도 사용자들에게 '보디가 왠지 부실하다'는 평가를 들었지만 단 하나 예외가 있다면 이 F-1이다. 몸체 자체가 견고하고 내구성이 무척이나 좋다. 방진방습과 다양한 액

Canon New F-1, FD 55mm f1.2 SSC

내가 놀란 것은 백령도 여관집들은 성경을 비치한다는 것이다. 우리나라에서 두 번째로 개신교회가 설립된 곳이고 주민 대다수가 개신교인이라는 점을 감안하더라도 국내외 꽤 많이 돌아본 경험상 미국을 제외하고 숙소에 성경을 비치하는 곳은 이곳이 처음이다. 여관 창을 열면 읍내 번화가로 룸살롱이 즐비하다. 땅부자 많고 군인 많은 이곳에서 유흥업소만 잘나간다. 아이러니다.

세서리는 캐논이 니콘의 F3와 펜탁스의 LX를 염두에 두고 만든 플래그십 보디라는 것을 알 수 있다. 사실 사용해 보면 그들보다 이 F-1이 더 남성적이고 박력 있는 느낌이다. 해병대원 많은 백령도 취재로는 딱이다.

렌즈는 50mm 단렌즈만 가져갔다. 날씨 상황을 보건대 빛 상태는 열악할 터이니 밝은 렌즈가 좋다. 전부터 느끼는 것이지만 캐논은 밝은 렌즈를 제조하는 데 일가견이 있다. 이미 40년 전에도 눈보다 밝은 0.95 렌즈를 개발해 시판한 일이 있다. 현행 L 렌즈들도 f1.2~1.4까지

두무진 선대암에서 본 가마우지. 서해의 해금강으로 불리는 두무진 비경으로 많은 기암괴석이 병풍처럼 어우러져 그 자태가 자못 신비롭다. 그 벼랑에 이 가마우지들이 떼를 지어 산다.

Canon New F-1, FD 55mm f/1.2 SSC

매우 밝은 단렌즈들이다. 내가 가져간 렌즈는 1970년대에 개발한 S·S·C렌즈로 구형 FD 마운트 렌즈를 개량한 렌즈다. F-1 개발 때 시판된 것이다. 라이카라면 이렇게 밝은 것은 노티룩스 급으로 가격이 1천만 원대를 호가하는 상상초월 가격이지만 내가 가진 이 렌즈는 단돈 20만

백령도가 완전히 안개에 묻혔다. 흰 따오기의 모습을 따서 붙인 이름이 백령인데 따오기는 없고 해병 대만 있다. 저 안개에 싸인 봉우리에는 대북 감시망이 가동 중이다.

Canon New F-1, FD 50mm f/1.2 SSC

원이다. 호환 마운트가 없어 인기가 없다. 오직 구형 캐논 FD 마운트 카메라들만이 가능하다. 물론 이들이 만든 후기형 50mm f1.2 L 렌즈도 있지만 가격이 만만찮다. 그건 후일을 도모할 수밖에 없다.

평화의
바다를 위해

아니나 다를까? 백령도는 우리 앞에 안개의 장막을 치고는 어지간해서 그 실체를 내보이지 않는다. 한여름인데도 날씨가 선선한 것을 보면 북쪽으로 꽤 올라왔다는 생각마저 들게 한다. 심청각에 올라 오른쪽 황해도 장산과 왼쪽의 망망대해를 본다. 그 옛날 배들은 이곳에서 왼쪽으로 급선회해 중국 발해만으로 향했다. 이 바닷길을 통해 한·중 간의 사신과 승려 들은 물품과 문화를 교류했다. 중국의 최신 문물은 이 길을 통해 한반도로 유입되었다. 또한 일본 역시 이 길을 지나서야 비로소 중국과 통할 수 있었다. 이 바닷길이야말로 한·중 두 나라 교류의 통로로써뿐 아니라 동북아시아 동단의 중심 루트로 기능했음을 알 수 있다. 현재 이 지중해와도 같은 황해 바다는 중국, 한국, 북한이 공유하고 있다. 또한 이 바다의 연안에는 한국은 인천과 서울, 북한은 평양과 신의주, 중국은 톈진, 옌타이, 웨이하이, 다롄 같은 대도시들이 접해 있다. 실질적으로 동북아의 핵심인 것이다. 이 뱃길을 복원하는 데 있어서 가장 심각한 장애는 바로 동북아 화약고라 불릴 만한 서해 5도이다. 불안전한 NLL로 인해 늘 분쟁의 씨앗을 안고 있는 것이다. 뱃길을 복원하고 분쟁을 잠재우는 일. 그것이 바로 한반도 평화와 동북아시아 번영으로 가는 길이 아닐까 생각해 본다.

은폐와 감시의 땅,
제주도 강정마을

오래전부터 강정을 취재해야겠다
생각했으나 의외로 쉽게 이루어지지 않았다. 구럼비 해안에서 공사가
시작되기 전만 해도 서귀포에서 빤히 내려다보이는 그곳을 못 갔고,
한창 반대 투쟁이 뜨겁던 지난겨울에는 건강이 좋지 않아 갈 수 없었
다. 어느 날 문득 더는 미룰 수 없다 싶어, 내 키보다 훌쩍 커 버린 아들
녀석에게 무조건 학교에 체험학습 신청을 하라 하고는 제주도 비행기
에 함께 몸을 실었다.

강정으로 가는 버스 안에서 비 내리는 제주를 봤다. 밖은 육지에서
볼 수 없는 열대 식물들로 종종 숲을 이룬다. 창밖의 저 낯선 풍경에서

구럼비 해안 해군기지 공사 현장 입구다. 비 오는 날이라 반대 활동가들도 오지 않아 한적하다. 평소 맑은 날이면 경찰 앞에서 회사 용역들이 거들먹거리며 주민들을 위협한다. 이런 풍경은 이곳 사람들에게 4·3을 떠올리게 한다.

PENTAX LX 50mm h1.2 Timx 제주 강정 2012

그들의 육지인에 대한 경계를 이해한다. 오래전 4·3이 그랬다. 어느 날 육지에서 온 군경과 죽창을 든 자경대원 들이 섬을 쑥대밭으로 만들었다. 그리고 제주도는 오랫동안 빨갱이라는 오명을 쓰고 살았다.

강정포구를 돌아 방파제를 오르면 유일하게 경찰의 방해 없이 구럼비 파괴 현장을 볼 수 있다. 하지만
이도 테트라포드에 가려 뭘 하는지는 육안으로 관측 불능이다. 멀리 오름만이 아련하게 다가온다.

PENTAX LX 50mm h1.2 Tri-x 제주 강정 2012

강정의 올레길을 걷다가 거대한 식물원을 봤다. 아니 식물원 같은 공터다. 그 앞에 거대한 장벽이 솟아 있다. 공사장 가림막이다.

제주 강정마을에 도착해서 구럼비 해군기지 반대를 주장하는 주민들과 활동가들이 모인 평화센터 옆 민박집에 방을 잡았다. 줄줄 비가 오는 강정을 담고 싶었다. 그간 언론 매체와 페북에서 사진으로 봐 온 강정이 아니라 일상의 강정을 담고 싶었다. 그리고 불편한 강정을. 평화를 위협하는 불안의 뿌리를. 이럴 때는 풍경에도 불온한 시각이 필요하다.

아들과 함께 걸어서 강정천으로 갔다. 화산암 위를 수천만 년 흘러 이런 모습이 됐을 것이다. 이 강도 기어이 끝장나고 말 것인가? 참으로 대단한 인간이고, 대단한 군이고, 대단한 정권이다. 강정천을 따라 올레길이 있다. 그 길을 따라가면 해변이 나온다. 하지만 지금 그 길을 가려 하면 경찰이 따라붙는다. 올레길에 해군과 시공자 들이 두른 높은 가림막이 서 있다. 수도권의 재개발 현장과 다른 것은 감시 카메라와 가시철조망까지 쳐져 있다는 것이다.

사실 이 공사에 반대하는 자연인이 아니라 직업 사진가로 현장을 본다는 것은 몹시 괴로운 일이다. 동북아 평화와 거리가 먼 자연파괴도 괴로운데 이미 많은 사진가들이 보여 줄 사진은 거의 다 보여 줬다는 것 때문이다.

내가 지난 수년간 작업한 것은 이 땅의 파괴와 소외였다. 그 소재 중

가림막은 이제 공사를 반대하는 주민과 평화 활동가 들의 거대한 캔버스가 되었다. 사진이 붙고 그림이 그려진다. 하지만 여전히 저 안쪽의 풍경은 감추어져 있다.

PENTAX LX 50mm f1.2 Tri-x 제주 강정 2012

하나가 가림막이다. 무언가를 은폐하고 음모하기 위해 쳐 놓은 것이 가림막이다. 재개발지구에서, 4대강에서 우리는 무수히 많은 가림막을 보았다. 그리고 여기 제주도 강정에서 또 본다. 올레길을 찾는 이들도 기계적으로 이 가림막을 통과해야 한다. 그리고 무언가를 느낄 것이다. 제주도가 동북아 분쟁의 전초기지인지 평화의 섬인지는 결국 우리가 판단해야 한다.

　　　　　　　　　　우리 가는 길에는 끊임없이 비가 내린다. 아들은 "사람도 없고 비도 오고 도대체 뭘 찍고 있는지 모르겠다"고 투덜댄다. 나도 모르겠다. 빗줄기에 힘없이 꽃잎이 떨어졌다. 동백꽃도 벚꽃도. 아파서 집에 누워 있을 때 매일 들려오는 저 바다 건너 소식에 가슴이 미어졌다. 일도 안 되고 기운마저 빠졌다. 하지만 강정에 온 지금 또다시 빗줄기 속을 걸으며 생각에 빠진다. 무기력하면 지는 건데 가슴이 또 미어지고 무기력해진다. 그래도 어렵게 내려왔는데, 아들까지 함께 왔는데 뭔가 하는 척이라도 해야 한다.

　내려가기 전부터 어떤 카메라를 가져가야 제주도 날씨에 적당할까 고민했다. 아니나 다를까 내내 비가 온다. 표준렌즈 50mm만 덜렁 끼워 간 것은 아사히 펜탁스의 자존심 같은 카메라 LX였다. 1980년부터 생산되었다는 이 보디는 회사 창립 60주년을 기념해 만들어졌다고 한다. 노출계가 내장된 수동식 보디지만 A모드가 장착되어 있다. 펜탁스의 미덕답게 600그램이 채 안 되는 무게와 작은 몸체로 휴대성이 좋다. 비슷한 시기 경쟁 기종이랄 수 있는 니콘의 F3나 캐논의 F-1에 비해 탁월한 것은 '필름면 측광 방식'이라는 LX만의 기능이다. 아주 정확한 노출값을 제시함으로써 사용자의 제어를 한결 편하게 한다. 전문가들은 이 방식이 거의 완벽에 가깝다고 표현하지만 고장이 났다가는 요즘 같은 시대에 수리 불가능이라는 약점도 있다. 하지만 내가 이 녀석을 데리고 간 것은 뭐니 뭐니 해도 방진방습 기능 때문이다. 비를 맞아도 수건으로 쓱 닦아 주면 되는 간이 방수기능은 강정 취재를 한결 편하게 했다.

강정천 하구는 구럼비 앞바다이다. 범섬이 코앞에 있다. 구럼비 바위는 길이 1.2킬로미터, 너비 150미터에 달하는 보기 드문 거대한 단일 용암너럭바위로, 용천수가 솟아나 국내 유일의 바위 습지를 형성하고 있다. 이 위에 해군기지가 건설 중이다. 이미 발파가 진행 중이고 대형 테트라포드가 바위를 덮고 있다. 공사를 강행하는 정부와 군의 입장은 이 바위가 보존 가치가 없다는 것이다. 그렇다면 근거는 뭔가? 문화재청은 이러한 생태학적 가치를 인정하여 2000년에는 문섬·범섬 일대 9.20평방킬로미터를 천연보호구역(천연기념물 제421호)으로 지정하였으며, 2004년에는 송악산 해역(22.23평방킬로미터)과 서귀포 해역(70.4평방킬로미터)의 연산호 군락지를 묶어 천연기념물 제442호로 지정하였다. 유네스코도 2002년에 서귀포시 범섬, 섶섬, 문섬 일대 23.07평방킬로미터를 생물권보전지역 핵심지역으로 지정하였다. 그런데 구럼비 해안이 이곳으로부터 1.7킬로미터 떨어져 있으니 보존가치가 없다는 것이다.

강정천의 감시. 이 길을 따라 구럼비 해안으로 가려면 두 명의 경찰을 꼬리에 달고 다녀야 한다. 감시에는 예외가 없다.

PENTAX LX 50mm f1.2 Tri-X 제주 청정 2012

구럼비 해군기지 공사장을 따라 이렇게 수 킬로미터에 달하는 거대한 장벽이 세워져 있다. 팔레스타인 분리 장벽을 세운 이스라엘을 욕하다가 우리 땅에서 이런 풍경을 본다.

PENTAX LX 50mm f1.2 Tri-x 제주 성읍 2012

해안에서 범섬까지는 육안으로도 코앞이다. 즉 생태계는 인간이 만든 수치에 따라 죽었다 살았다 하는 것이다. 비 내리고 파도가 친다. 무척이나 우울해진다.

사물의 가치는
누가 정하는가

　　　　　　　　　"이 땅에 참평화를 약속할 수 있는 것은 군사기지와 첨단무기가 아닙니다."(강우일 천주교제주교구장, 대주교)

"자식이 아버지를 쫓아내고, 칼을 들고 친척을 찾아가는 등, 형제처럼 지내던 마을 사람들이 이제는 길에서 만나면 등을 돌리고 있습니다."(강동균 강정마을회장)

구럼비 풍경. 전부터 찍어 오던 우리 땅 연작 중에서 강정을 소재로 한 사진이 될 것이다. 제목은 '감시받는 땅, 강정'쯤으로 할까 하는데, 사실 은폐하는 땅이 맞을 듯도 하다. 구럼비 바위를 중심으로 해군기지 공사가 일어나고 있는 전역을 가림막과 펜스, 가시철조망으로 둘러쳤다. 구럼비는 '까마귀쪽나무'를 뜻하는 제주어다. 그래서 이를 일반 명사화 하는 이들이 있다. 하지만 구럼비 해안, 구럼비 바위는 제주 해군기지 건설 부지인 서귀포시 강정동에 있는 지형이자 지명의 이름이다. 즉 지역의 고유명사인 것이다. 이를 굳이 일반명사라 하는 것은 정치적인 의도이다. 제주도 해안의 일반적인 바윗덩어리이니 별로 가치 없다고 하고 싶은 것이다. 이 제주도 해안에 군사기지가 만들어지는 이유가 미국의 중국 견제용이라는 사실을 이제는 누구나 안다. 안보를 지키는 것이 아니라 위태롭게 하는 것이다. 게다가 제주도 주민과 환경생태마저 위협한다. 구럼비가 '가치 없다'고 이야기하는 오만은 풍경에 대한 예의가 아니다. 그저 비 내리는 날 추적거리며 강정을 걸었던 보잘것없는 사진가의 생각이다. 하지만 그 생각이 나만의 것은 아닐 것이다. 따라온 아들도 그리 생각할 것이다.

카메라에는
좌우가 없다

요즘 라이카가 갑이다. 전에 『낡은 카메라를 들고 떠나다』를 쓸 때만 해도 라이카의 가격은 그리 비싸지 않았다. 그저 호사가들이 들고 다니던 필름카메라에 불과했다. 그런데 요즘 가격이 두세 배 폭등했다. 물론 모두 오른 것은 아니다. 라이카 카메라 보디는 그전과 별반 다르지 않다. 깨끗한 M6의 가격은 백수십만 원 정도에 거래되니 전보다 싸졌다. 하지만 렌즈가 폭등한 것이다. 디지털 시대에 맞춰 렌즈의 배율을 백 퍼센트 활용할 수 있는 풀 프레임의 디지털 보디 M9이 출시된 덕이다. 신품 50mm 렌즈가 5백만 원, 색수차를 보정한 아포크로매틱에 구면수차를 줄인 아스페리칼까지 겸

비한 50mm 렌즈는 천만 원이다. 단렌즈 가격이 이러하니 일반인이라면 졸도할 일이지만 본사에서는 생산량이 달리는 지경이라 한다. 한때 망해 간다던 라이카 사의 부활인 것은 분명해 보인다.

구형 렌즈들도 마찬가지다. 생산된 지 수십 년이 흐른 렌즈들이 덩달아 폭등했다. 신형이던 구형이던 라이카에는 자동 초점 장치가 없으니 그것이 그것이다. 단지 렌즈의 상태가 문제일 뿐이다. 또 어떤 것, 예를 들면 35mm f2 6군 8매 렌즈나 35mm f1.4 아스페리칼 렌즈는 호사가들의 평가 속에 돈이 있어도 구할 수 없는 전설의 렌즈들이 되었다. 이 구형 렌즈의 명성을 그대로 디지털에서 구현한다는 꿈같은 이야기가 라이카의 명성을 21세기에 다시 드높이고 있는 것이다.

'재빠른 이미지' 기계,

라이카

그런데 그 명성을 자세히 들여다보면 과거와는 다르다는 것을 느낄 수 있다. 그 라이카를 들고 멋진 사진을 찍는 작가들이 별로 눈에 띄지 않는다는 것이다. 과거 앙리 카르티에-브레송은 그렇다고 해도 로버트 프랭크, 윌리엄 클라인, 게리 위노그랜드 등 기라성 같은 이들이 M3를 사용했고, 요제프 쿠델카는 M4를, 얼마 전까지 데이비드 앨런 하비 같은 이들은 M6를 사용했다. 하지만 요즘 디지털 보디인 M9을 들고 작업하는 유명작가는 보질 못했다. 그때도 라이카는 비쌌고 지금도 비싸긴 마찬가지인데 우리가 다시 가난해진 것일까? 내 눈에는 부유한 아마추어들만이 이 고급하고 아름답고 비싼 카메라를 들고 풍경을 찍고 있다. 하지만 이 카메라는 풍경용이 아니다.

1952년 앙리 카르티에-브레송은 20년간 찍은 사진 중 126장을 골라 『재빠른 이미지 Images à la sauvette』라는 제목의 책으로 펴내며, '결정적 순간 L' ins-tant décisif'이라는 제목의 서문을 썼다. 이 책의 미국판은 서문의 제목인 '결정적 순간 The decisive moment'을 책 제목으로 사용하면서, '결정적 순간'이란 개념은 그의 사진예술 세계를 상징하는 대명사가 됐다. 그렇듯 라이카는 정지된 풍경을 찍는 기계가 아니라 수없이 변화하는 거리의 풍경을 담는 카메라였다. 그래서 작고 조용하며 재빠른 이 카메라를 들고 거리를 어슬렁거리면 내가 마치 피사체로부터 지워진 유령처럼 느껴질 때가 있다. 가끔 내 사무실을 찾아오는 젊은 후배들의 가슴에 필름 라이카가 대롱대롱 매달려 있는 것을 볼 때면 그 카메라로 무엇을 찍는지 이야기꽃을 피우게 된다. 지금의 비싼 디지털카메라에 질린 외로운 영혼들이 그나마 저렴한 필름 라이카 카메라로 위로받는구나 생각도 해 본다. 최소한 동일한 투자를 할 것이라면 디지털 보디를 살 돈으로 필름 보디를 사고 나머지 차액은 필름을 사라고 권하고 싶다. 최소한 몇 년간 몇 개의 프로젝트를 수행할 수 있기 때문이다.

거리의 우익을 담은

라이카 SL2   —

　　　　　　　　　　나 역시 라이카를 사용한 지 꽤 됐
다. 낡은 니콘을 털어 내고 더 낡은 라이카를 홍콩의 침사추이 뒷골목
카메라 상점에서 처음 구입한 것이 2000년 언저리쯤이다. 그때 산 것
은 IIIf라는 이름이 붙은, 2차세계대전 이전 오스카 바르낙에 의해 개
발된 카메라였다. 그 후로 M3도 샀고, 일안리플렉스 방식인 라이카플
렉스 SL2도 샀다. 라이카 부자 같지만 콜렉션급은 없고 모두 저렴한
실사용기들이다. 렌즈도 조금씩 하자 있는 것을 싸게 모았다. 일단 써
야 하는 카메라를 모셔 놓고 있을 수는 없잖은가? 그렇게 10년 동안
찍은 필름들을 통째로 꺼내 놓고 라이트박스에서 감상했다. 이 필름들
은 따로 정리해서 발표해 본 일이 없기 때문에 모든 파일이 시간 순서
대로 정렬해 있다. 집과 가족을 찍은 것, 동네를 찍은 것, 취재 갔다가
본 작업은 디지털로 하고 의미 있는 것만을 아끼며 찍은 것들.

　그 사진들 중에서 몇 장을 골라냈다. 거리 현장에서 찍은 한국의 우
익들 사진이다. 위안부 사진전을 거절한 니콘살롱 사건으로 일본 미쓰
비시-니콘과 우익의 관계를 고민해서인지 이 사진들이 눈에 들어왔다.
한국에는 어떤 우익들이 있을까? 좌파들과 마찬가지로 이들도 복잡하
다. 전통적으로 한국전쟁 이후에 남으로 내려온 이북오도청이나 한국
자유총연맹이 그 뿌리쯤 될 것이다. 여기에 과거 군사세력인 재향군인

서울시청 광장 앞에서 이라크 참전 찬성 집회를 열고 있는 사람들. 그가 가슴에 얹고 있는 성조기는 조국이 어느 곳이냐 묻고 있다.

시청 앞 거대한 성조기와 사람들. 어떤 이는 이 사진을 보고 워싱턴의 참전 집회냐고 했다.

일본대사관 앞에서 역사교과서 왜곡을 비난하며 집회하는 우익 인사들. 하지만 상당수 뉴라이트 학자들이 식민지 근대성을 두고 일본 우익들의 발언과 근접한 발언을 한다. 앞뒤가 맞질 않는다.

고 노무현 대통령 탄핵을 지지하는 집회에서 즐겁게 태극기를 흔드는 청년들. 데일리안 등의 우익 인터넷 매체들이 이들의 활동 공간이다. 아니면 알바이거나.

어떤 이들에게 대한민국을 지키는 것은 국가보안법을 사수하는 것이다. 즉 대한민국이라 쓰고 국가보
안법이라 읽는 것이다.

자유민주주의를 수호하기 위해서 노무현은 탄핵되고 물러나야 한다. 이제 그가 죽었으니 자유민주주의는 수호됐을까?

회, 해병전우회, 베트남참전용사회 등이 일파를 이룬다. 여기에 어버이연합 같은 우익 노인들의 세력, 데일리안 같은 인터넷 시대의 젊은 우익세력, 뉴라이트와 같은 과거 진보 좌파였다가 전향한 세력, 최근의 탈북자와 연계된 세력까지 한국에는 다양한 우익이 있다. 이들은 보수 우파와도 그 결이 다르다. 차라리 일본의 우익세력과 비교를 하는 것이 더 수월할 것이다. 일본의 예를 들면 적극적 우익은 정치, 군사, 천황을 배경으로 일본 제국주의의 부활을 꿈꾸는 세력이다. 소극적 우익은 집회에 참석하거나 그들이 발행하는 신문이나 책을 읽어 주고 동조하는 세력이다. 물론 후자가 일본 사회에는 광범위하다. 그렇다면 한국의 우익은 어떤가? 그들은 반공과 친미로 나타난다. 한국전쟁을 이유로 만들어진 멘탈이 그들을 지배한다. 그래서 어떤 때는 앞뒤가 맞지 않는다. 일본의 식민지 지배를 미화하다가도 독도 문제가 나오면 길길이 뛴다. 제국주의적이라며 중국과 북한을 싸잡아 비난하지만 미국의 제국주의적 태도를 감싼다. 그런데 한국 사회는 아직도 이들에게 관대하다. 쿠데타 발언 같은 매우 위험한 주장을 공공연하게 해도 좌경용공 세력과 다르게 대우하고 있다. 세상 어느 민주주의 국가에서도 허용하지 않는 발언과 행동 들이 용납될 수 있는 이유는 오직 우리가 분단이라는 상황하에 놓여 있다는 것뿐이다. 이것이 그들이 서식할 수 있는 근거이기도 하다.

극좌나 극우나 모두 위험하지만 대
체로 극우가 더 위험하다. 그것은 독일의 역사적 경험을 비추어 봐도
명확하다. 그들은 1, 2차 대전을 주도했고, 모두 우익들의 발호로 나라
를 망쳤다. 그 뼈아픈 과거를 반성하기 위해 독일은 많은 노력을 기울
였다. 하지만 지금도 베를린 같은 대도시 곳곳에 신나치-스킨헤드들이
돌아다닌다. 내가 우익을 찍은 라이카플렉스 SL2를 사용해 아프리카
누바족을 기록한 유명 사진가가 있다. 나치 다큐멘터리 영화감독 레니
리펜슈탈이다. 그녀는 히틀러의 요청으로 나치 전당대회를 기록한 〈승
리의 의지〉, 11회 베를린 올림픽을 기록한 〈올림피아〉로 세계적인 명
성을 얻었다. 전후 나치당원이 아니었다는 이유로 법적인 면죄부를 받
았지만 그녀는 다시 영화계로 돌아갈 수 없었다. 대신 그녀는 라이카
를 들고 아프리카로 가서 사진가로 명성을 얻었다. 이렇게 이야기한
김에 더 뿌리를 들춰 보면 라이카 사 역시 2차세계대전 전범의 혐의를
벗을 수 없다. 하지만 라이카 사가 비난받지 않는 것은 그 카메라를 거
의 전 세계인이 사용하고 있었다는 점 때문이다. 전쟁 중에도 수많은
연합군들이 라이카 사의 카메라와 렌즈를 공급받았다. 미국도 쓰고 영
국도 사용했다. 뭔 소린가 하겠지만 라이카는 이미 초국적 자본이었다
는 것이다. 라이카 매출의 90퍼센트는 독일 국경 밖에서 만들어졌다.

그러하니 자본에 국경이 있느냐는 이야기가 나오는 것이다. 어떤 면에서는 일본 기업보다 더 교활하다.

카메라는 사고하지 못한다. 사고는 사진을 찍는 사람이 한다. 하지만 어떤 카메라가 어떤 히스토리를 갖고 내 품에 들어와 사진을 찍어주고 있는가 하는 것도 여전히 중요하다. 앙리 카르티에-브레송 손에 들린 라이카와 레니 리펜슈탈 손에 들린 라이카는 참으로 다르게 느껴지니 말이다.

철탑 위
노동자들이 벌이는 예술

　　　　　　　　　　　　　　　울산은 내내 참 가기 싫었다. 아스
팔트를 취재처 삼아 돌아다니던 젊은 시절, 울산은 민주화와 노동자
계급으로 들끓는 용광로 또는 도가니였다. 현대중공업, 현대자동차 노
동자들은 한국 노동운동의 핵심이었다. 하지만 이제 울산은 평온하다.
파업은 사라지고 도시는 윤택해졌다. 태화강의 똥물은 이제 맑은 물이
되어 황어들이 올라온다. 현대백화점은 노동자의 아내들로 흥청대고
학원가에는 노동자의 아들들로 넘쳐난다. 집값은 경남 최고다.

　　　　　　　　당연히 노동자들의 의식도 바뀌었다. 자신들이 함께했던 민주노총은 더 이상 도움 되는 조직이 아니다. 사회운동이 조합 내 경제 투쟁으로 바뀌면서 임금과 근로 조건이 가장 중요한 사항이 됐다. 이들은 국내 임금 조건과 상관없이 현대차의 세계적인 위상에 걸맞은 수준에 맞춰 임금을 올려 달라 했다. 요즘 내 나이 라인 노동자의 임금은 상상초월이다. 게다가 잔업과 특근까지 요구한다. 돈을 더 벌기 위해서다. 사실 식구들이 물가 비싼 울산에서 생활하면서 쓸 돈을 벌어 내야 하는 노동자들의 상황을 이해 못하는 것은 아니나 이미 귀족 노동자라는 불명예스런 명칭이 굳어 가고 있는 처지라면 변명거리가 되지 못한다.

　게다가 노조가 자신들의 자녀가 현대에 입사 지원할 경우 가산점을 부여해 줄 것을 요구했을 때의 충격이라니. 노동자 대물림이 이제는 부끄럽지 않구나! 그저 돈이 최고구나! 저 자리 세습해서 평생 잘 먹고 잘 살겠구나! 이런 비아냥에도 불구하고 결국 그것을 관철시켰다. 하지만 더 큰 문제는 따로 있다. 바로 비정규직 문제다. 자동차 산업은 원래 관련 업체의 수많은 부품으로 이루어진다. 그래서 원래 자동차 공장 근처는 소규모 부품업체가 같이한다. 하청이 점점 광범위하게 이루어지면서 공장 안으로 하청업체를 불러들였다. 그래서 공장 안에는 현대차 노동자와 하청사 노동자가 섞이게 된다. 근데 하청사 사장님이 현대차 간부 출신이라 회사가 어떻게 만들어졌는지 알 길이 없다. 하청사 노동자는 대부분 비정규직으로 채워진다. 이들은 임금 받는 곳만 다를 뿐 같은 공간에서 노동한다. 그런데 임금은 절반도 안 된다. 결국 법원은 이들 비정규직 노동자가 현대차를 위해 일했다고 판결했다. 즉 현대가 정규직으로 채용하라는 것이다. 회사는 즉각 반발했다. 그들을 채용할 수 없다는 것이다. 그런데 노조도 반발했다. 우리와 그들은 다르다는 것이다. 노동자가 노동자를 차별하는 사태가 벌어진 것이다. 한술 더 떠서 노조는 회사와 이들을 신규채용하는 방안에 합의했다. 지금까지 비정규로 일했던 것은 잊고 새로 들어오려면 들어오라는 것이다. 이래서 나는 울산이 싫었다. 노동자들이 모인 도시가 반노동자 정서로 가득한 도시로 변모했기 때문이다.

비정규 노동자의

고공 농성

그곳에서 농성을 시작한 지 90일째 되는 날에야 찾아갔다. 울산 현대자동차 명촌정문 앞 주차장에 높이 솟은 한국전력의 45미터짜리 송전탑이다. 이곳에 천의봉, 최병승 두 비정규 노동자가 20미터 높이 중간에서 고공 농성을 벌이고 있다. 내가 찾은 날은 평일이었다. 집회도 없고 사측이나 한전 직원 또는 퇴

농성하는 철탑은 점점 예술품으로 변모하고 있다. 레디 메이드 철탑은 비정규 노동자들이 점거하고 농성을 시작하는 순간 사회적 의미를 부여받았다.

◀ 울산 현대자동차 공장 앞 45미터짜리 송전탑. 이 철탑 20미터 중간쯤에서 비정규 노동자 두 명이 296일간 농성을 했다.

금속노조 현대차비정규지회의 노동자들. 즉 비정규 노동자들이다. 같은 공간 같은 노동을 해도 임금은
절반 이하다. 그것이 오늘의 노동이다.

거명령을 내린 법원 측 관계자도 없다. 가끔 금속노조 현대차비정규지회 사람들이 들락거릴 뿐이다. 오후에도 가 보고 다음 날 새벽에도 가 봤다. 농성장은 텅 비어 있다. 농성장에서 '사진적'으로 느낀 것은 붉은색 현수막도 주변의 농성 천막도 아니다. 철탑이었다. 가까이서 본 철탑의 규모는 놀라웠다. 두 노동자가 아주 작게 느껴질 정도로 거대했다. 어마어마한 양의 철을 녹여 아주 튼튼하게 쌓아 올린 구조물. 이것을 누가 만들었나? 노동자들이다. 그곳에 올라간 두 노동자는 도로를 질주하는 자동차를 쇠로 만든다. 자동차라는 물건은 참으로 잘 만든 현대 기계공학의 완제품 아닌가?

지금으로부터 백 년 전, 프랑스 미술가 뒤샹이 〈레디 메이드〉라는 이름으로 상점에서 사 온 변기를 전시해서 큰 반향을 이끌었다. 현대 미술의 시작이었다. 그는 왜 이미 만들어져 있는 변기를 자신의 사인과 함께 전시한 것일까? 그것은 현대 노동자들이 만들어 내는 제품이 이미 예술가들의 손재주를 넘어섰기 때문이다. 단지 그 제품 또는 오브제의 맥락만이 중요해진 것이다. 저 철탑도 그렇다. 원래는 전기를 보내는 전선을 이어 가는 높은 구조물에 불과하지만 그곳을 점령한 이들 덕분에 이 철탑은 새로운 의미를 부여받은 것이다. 옆에는 거대한 현대자동차 공장, 앞에는 그들이 만든 자동차와 그것을 타는 노동자, 그 모든 풍경이 내려다보이는 곳에서 목숨을 걸고 농성하는 차별받는 비정규 노동자. 나는 비정규 노동자 천의봉, 최병승 두 사람이 행위예술을 하고 있다고 느껴 버렸다. 이 시대 노동계급들에게서 말이다. 이 예술의 핵심이 몇 있다. 일단 오브제의 크기가 대단하다. 높이 45미터의 철 구조물이니 말이다. 두 사람의 행위자 외에도 수천 명의 보조 참여자들이 있다. 매주 희망버스를 타고 수백 명씩 몰려와서 함께 퍼포먼스에 참여하고 있다. 그리고 돈도 많이 든다. 한전이 두 사람에게 물린 과태료가 하루 60만 원이다. 90일이 넘었으니 5천4백만 원 이상의 현금이 들어가고 있다.

노동과 자본이 결합된 카메라,

칼 자이스 ZEISS IKON

　　　　　　　이번 울산 취재는 박주석 선생이 도움을 줬다. 울산의 해고노동자 출신으로 오랫동안 노동운동을 해 온 양반이다. 사진은 스스로 찍었다. 올해 '온빛 상' 시상식에서 2등상인 후지상을 받기도 했다. 강렬한 흑백사진이 그이의 특징이다. 이날 만나 보니 부상으로 받은 후지의 최신형 디지털카메라를 들고 있다. XE-1은 옛날 레인지파인더 카메라를 원형으로 디자인된 미러리스 카메라다. 내가 들고 간 필름카메라를 보더니 "요즘도 필름 쓰십니까?" 묻는다. 모양은 비슷한데 필름이라 신기했던 모양이다.

　요즘 필름카메라를 만드는 회사가 있을까? 캐논, 니콘, 소니(구 미놀타) 같은 대형 제조업체는 물론이고 라이카나 펜탁스 등의 중소업체들도 이젠 필름카메라를 만들지 않는다. 모두 디지털로 넘어갔다. 지금 인류는 과거에 만들어진 필름카메라로 필름과 인화지를 소비하고 있는 것이다. 그런데 단 한 군데, 필름카메라를 만드는 데가 있다. 일본 코시나 사의 '자이스 이콘'이라는 카메라다. 이름에서 알 수 있듯 칼 자이스의 옛 이름이다. 이 카메라는 라이카의 M 마운트를 탑재한 레인지파인더 형식의 35mm 카메라다. 현재 생산되고 있는 거의 유일한 필름카메라라고 해도 과언이 아니다.

코시나는 전후 일본의 부흥기였던 1959년, 렌즈를 전문으로 생산하는 기업으로 출발했다. 독자적인 브랜드 없이 주로 일본의 카메라 제조사들을 위한 OEM 생산을 했지만 1973년 회사 이름을 코시나로 개명한 후에는 CS나 CT 시리즈의 독자적인 카메라 모델을 생산했고 로모 카메라의 원형인 CX-2를 설계하기도 했다. 그만그만했던 이 회사를 혁신적으로 바꾼 것은 창업자의 아들이자 2대 사장인 고바야시 히로부미다. 일본 전후 세대이자 전공투 세대인 그는 '오타쿠'를 제대로 알았다. 대형 카메라 제조업체들이 놓친 틈새를 발견한 것이다. 그는 포익틀렌더라는 독일 상표를 사들였다.

1756년 독일의 광학회사였던 포익틀렌더는 사분호와 컴퍼스를 제작하던 크리스토프 포익틀렌더가 설립한 회사다. 이후 안경과 망원경을 제작하다가 1840년 수학자 페츠발이 설계한 f3.7의 경이롭게 밝은 렌즈를 생산해 일약 세계적인 렌즈 카메라 전문 제작업체로 명성을 얻는다. 하지만 1960년 대기업인 자이스 이콘에 병합되고 1972년에는 다시 롤라이에 매각된다. 이후에는 상표권만 떠돌다가 코시나가 사들인 후 전혀 다른 카메라를 생산하는 코시나-포익틀렌더가 탄생하게 된다.

히로부미 사장은 회사를 전면 개편하면서 독자적인 카메라와 렌즈를 직접 제작하는 방향으로 이끌었다. 노동자들 역시 카메라에 미친 오타쿠들을 영입했다. 19세기와 20세기 초반에 제작됐던 렌즈를 현대적으로 재설계할 엔지니어들이었다. 그는 먼저 라이카의 L 마운트 카메라를 기존 라인에서 생산하면서 독자적인 렌즈들을 생산했다. 호야와 같은 렌즈 유리 원석을 생산하는 곳에 의존하던 기존의 카메라 업체들의 관행을 깨고 스스로 용융로를 만들어 원석을 생산했다. 차츰 라인업이 갖추어지자 라이카를 사용하고 있거나 선망하던 전 세계 마니아층에서 호응하기 시작했다. 가격이 라이카의 1/5에 불과한 레인지파인더 카메라는 기존의 니콘과 캐논의 SLR에 식상해 있던 사진인들을 흥분시키기에 충분했던 것이다.

그는 이런 성과물들을 들고 독일에서 열리는 사진 기자재 관련 박람회인 포토키나에 참가한다. 그런데 이들을 눈여겨본 것은 라이카가 아니라 그 경쟁 상대였던 칼 자이스였다. 전후 카메라 생산을 포기하고 일본 교세라와 함께 콘탁스를 만들다가 그마저도 접었던 차에 새로운 파트너를 만난 것이다. 이번에 울산에 들고 간 카메라가 바로 코시나와 칼 자이스가 합작해 만든 ZEISS IKON 레인지파인더 카메라다. 라이

카 M 마운트를 채용했고 칼 자이스가 설계하고 코시나가 생산한 M형

렌즈들과 라이카의 모든 렌즈들뿐만 아니라 세상에 존재하는 모든 M

형 렌즈들이 호환된다. 그리고 더욱 중요한 것은 이 카메라가 지금도

철탑 20미터 상공 농성장에서 본 현대자동차 공장의 풍경. 농성자 중 한 명인 천의봉 씨가 찍었다. 그가 근무하던 공장의 모습이다.

생산되고 있다는 것이다. 회사는 작지만 자본가와 노동자가 합심해 세상에 꼭 필요한 물건을 정성들여 내보이고 있는 것이다.

　　　　　　　　　주변을 서성이며 사진을 찍다가 저 철탑 위로 올라가면 좋겠다는 생각을 했다. 그런데 물리적으로 불가능해 보인다. 민첩함과 체력이 되어야 겨우 올라갈 수 있을 저 철탑에는 게다가 중간중간 철조망까지 쳐져 있다. 그럼 대안은? 카메라가 올라가면 된다. 저 위에 두 사람이 있잖은가? 꼭 내가 찍어 세상에 보여야 할 필요는 없다. 카메라를 천 가방에 담아 도르래로 올렸다. 20미터 철탑 농성장의 천의봉 씨가 카메라로 주변을 찍어 다시 내려보낸다. 그는 이 카메라로 세상의 무엇을 찍어 보여 주고 싶었을까?

　노동자가 만들어 내는 정교한 카메라. 그리고 세상에 꼭 필요한 것을 만들어 내는 자본. 노동으로부터 소외되지 않는 노동. 그것을 기꺼이 비싼 가격을 치르고 손에 들어 세상을 기록하는 사진가. 뭔가 참으로 가치 있고 의미 깊은 관계인 듯한데 이것이 우리 사회에서 잘 안 된다. 마지막으로 철탑 위 사진을 찍어 준 천의봉 씨에게 감사를 표한다. 그가 한 철탑 위 농성은 이 시대 노동자들의 전위적 예술이다.

독립의 중심에서
변경의 역사를 고민하다

천안시 외곽에 있는 독립기념관. 현대국가로서의 대한민국의 총화를 담은 공간치고는 쓸쓸하기 그지없다. 멀리 촌에서 온 노년의 남녀들이 웃고 떠드는 곳이거나 중국 관광객이 멋모르고 찾은 곳에 불과하다. 전두환 정권 시절 국민모금 방식으로 설립된 독립기념관은 1986년 8월 15일에 개관할 예정이었지만 대형 화재로 1년 늦은 1987년 8월 15일에 개관했다. 군사정권의 정당성을 부여하려 했는지 모르겠으나 결국 6월 항쟁 두 달 뒤 개관하는 역사적 아이러니를 담고 있다. 정문에서 보는 기념관은 한눈에 봐도 권위적이다. 독립은 이렇게도 권위적 모습을 하고 있는 것일까? 그런

LEICA M6 SUMMILUX 35mm f1.4

모든 것이 거대하고 권위적이다. 독립은 숭고하고 존엄하며 신성불가침이다. 민주주의에 기반한 공화국임을 잊는다.

데 또 독립이란 뭘까? 스스로 일어선다는 것, 다른 것에 예속하거나 의존하지 아니하는 상태인데 그것은 우리가 스스로 얻은 것이 아니라 외부로부터 주어졌다는 것을 누구나 안다. 나는 이곳에서 '독립의 가치'보다 '독립이란 뭘까?'라는 질문과 먼저 맞닥뜨린다.

최후의 언어

독립기념관의 주건물이라 할 수 있는 겨레의 집 안에는 현대 국민국가로서의 대한민국을 상징하는 거대 기호로 가득 차 있다.

LEICA M6 SUMMILUX 35mm f1.4

복제된 광개토왕비의

목적

　　　　　　　　　　입구에서 본관 '겨레의 집'까지는 한

참 멀다. 봄볕을 그대로 맞으며 걷다 보니 오른쪽으로 거대한 비석이 하

LEICA M6 SUMMIRUX 35mm f1.4

중국 지안에 있는 광개토왕비가 천안 독립기념관에도 서 있다. 높이가 무려 6미터에 달하는 이 비석은 당대 고구려인들의 뜻과는 상관없이 현대인들의 영토주의의 상징이 되어 버렸다.

나 서 있다. 중국 지안에 있는 광개토왕비의 실물 복제품이다. 1천 킬로미터 이상 떨어진 이곳에 왜 복제품을 세웠나? 비석 앞에 원 비석 이 변고로 사라질 때를 대비해 이것을 세웠노라 적혀 있다. 하지만 휘 날리는 태극기에 이 거대한 비석은 드러나지 않는 비밀을 갖고 있다.

최후의 언어

광개토왕비. 비석을 보호하는 누각은 유리로 둘러치고 안에는 공안이 경비를 선다. 내부에서 사진촬영은 일절 금지되어 있다.

LEICA M4-P SUMMICRON 35mm f2

사실 이 비석이 발견된 것은 불과 백여 년 전이다. 청나라 조정의 관월산이란 자가 탁본을 해서 금석학에 조예 있는 학자들에게 전달하면서 비로소 알려지게 된다. 비슷한 시기 일본인 스파이 사카와가 만주를 정찰하다가 이 비를 발견하고 탁본을 가지고 와 본격 연구된다. 특히 일본은 비의 신묘년조 기사를 근거로 한반도 남부가 임나일본부이며 자신들이 유일하게 제국 고구려와 맞서 싸울 수 있었다고 해석했다. 그것은 그대로 대륙 침략의 현실 속에서 재해석되며 관제 학자들은 그 증거로서의 비를 지안에서 가져와 도쿄에 전시해야 한다고 주장했다.

그 주장을 묘하게 반세기 만에 한반도 남측의 대한민국 정부가 현실화했다. 즉 이 비석을 복제해 세운 것은 고구려의 역사와 영토는 한국에 그 권리가 있다는 표현이다. 비록 오래전 나라가 망하고 수복하지 못했지만 그곳은 틀림없는 "한국인 것이다"라는 생각을 투영한다. 하지만 이것은 옳은 문제 제기일까? 그렇다면 고구려가 역사적으로나 영토적으로 모두 우리에게 귀속되었음을 증명해야 한다. 과연 광개토왕비가 그것을 증명하고 있는 것일까?

재일 사학자 이성시의 「표상으로서의 광개토왕비문」을 다시 읽는다. 이 논문은 내가 사물을 보는 데 사실과 관점을 놓치지 않게 해 준다. 논문은 남·북·중·일 4개국이 어떻게 1600년 된, 그리고 근대에 재발견된 텍스트를 놓고 각자 다르게 해석하는지를 추적한다. 알려져 있다시피 우리는 이 비문에서 단 32자, 왜가 바다를 건너와 백제와 임나, 신라를 신민으로 삼았다는 내용밖에는 모른다. 그 외에는 관심이 없다. 일본은 대륙 침략용으로 남북한은 오히려 고구려가 바다를 건너 왜를 쳤다고 해석한다. 중국은 그냥 동북변방의 봉건제후국으로 자리매김한다.

하지만 1,775자에 달하는 비문 전체에는 1부 고구려 왕가의 세계, 2부 광개토왕의 무훈, 3부 왕묘 수묘인의 관리로 나누어진 방대한 내용이 담겨 있다. 더욱 중요한 것은 화자가 비문이라는 매체를 통해 독자에 전달하려고 했던 내용이다. 광개토왕이 정복했던 모든 땅에서 끌고 온 노예들의 출신지를 기록하고 이를 함부로 매매하거나 전유할 수 없다 며 당대 왕족이나 귀족 들에게 경고를 하고 있는 것이 비문의 본질이 다. 따라서 왜의 활동을 기록한 무훈조는 팩트일 수도 있고 아닐 수도 있는 것이다. 사건이나 텍스트를 이해하는 데 진영논리는 별 도움이 되지 않는다. 이것은 역학관계에 따른 해석일 순 있어도 진실을 전제 로 한 것은 아니다. 다시 비문으로 돌아가서, 팩트를 걸러 내고 발화자 의 본심을 파악하는 것이 진실에 접근하는 것이다. 이것은 단순히 영 토의 문제가 아니었던 것이다.

광개토왕비가 있는 지안은 동북에 있다. 랴오닝과 지린, 헤이룽장 성을 포함한다. 특히 랴오닝은 랴오허를 중심으로 서쪽은 연나라 이후 한족의 땅으로 동쪽은 고조선 이후 제 민족들의 용광로가 되어 왔다. 기억나는 것만 부여인, 고구려인, 발해인, 거란인, 선비인, 말갈인, 몽 골인, 여진인, 만주인 등등 서쪽 신장 못지않게 복잡한 역사를 갖고 있 다. 현재는 이 지역을 중국이 점유하고 있다. 그 주변에 국가적인 실체 로 몽골공화국과 러시아, 북한이 있다. 랴오둥의 역사를 두고 모두 소 유권을 주장한다. 그 대표적인 사례가 동북공정을 두고 빚어지고 있는 한·중 간의 갈등이다. 나는 이 지역에 대한 공부를 오래전부터 해 왔지만 본격적인 취재는 이제부터 시작해 볼 요량이다. 비록 땅은 중국이 점유하고 있으나 역사는 소유할 수 없다. 그들도 우리도 포함될 뿐이다. 소유권으로 인한 분쟁보다 교집합을 통해 다양성을 나누는 평화가 동북아시아에서 필요한 것 아닐까?

변경을 기록한

라이카 M6 　　　　　　　　　—

　　　　　　　　　이번 '변경' 작업을 위해 라이카 M6를 들고 떠났다. 근래 본 한 장의 사진 때문이다. 세계적인 포토저널리스트 피터, 데이비드 턴리 형제가 함께한 루마니아 혁명 당시 사진이다. 저널리스트들이 함께 모인 가정집의 테이블 건너편 거울에 반사된 모습을 피터 턴리가 찍고 있다. 사진에는 한 여인의 손에 키스하는 데이비드 턴리도 보인다. 피터 턴리의 손에는 M6가 들려 있다. 루마니아는 변경이다. 서유럽에서도 러시아에서도 변경이다. 그 변경에서 턴리가 찍는 카메라 M6가 궁금해졌다.

　라이카는 1971년 노출계가 달린 새로운 디자인의 M5를 출시하지만 완전한 실패를 맛본다. 이미 일본 카메라 회사들이 SLR을 높은 수준까지 끌어올린 상태에서 거의 회사가 망할 지경에 이르지만 구원투수는 캐나다에서 나왔다. 1950년대 캐나다 미들랜드에 설립한 라이카 캐나다는 주로 미 군수용 렌즈를 제작하다가 1976년부터 M4를 개량한 M4-2를 출시한다. 플래시 사용이 편리하고 모터 와인더를 장착할 수 있었다. 저널리즘을 위한 카메라였다. 한발 더 나아가 노골적으로 프레스용이라는 P를 붙인 M4P가 발매된다. 와인더를 개량해 28mm 렌즈를 지원했다. 의외로 이 카메라들은 성공했다. 이 카메라에 맞춰 35mm f1.4와 28mm f2.8이 캐나다에서 생산됐고 이전 라이카에 비해 저렴해 P가 '파퓰러'의 P냐는 비아냥에도 판매에 성공해 라이카를 재기하게 한다. 그래서 이 카메라들의 디자인을 그대로 채용하고 노출계를 장착해서 발매한 것이 전 세계적으로 1백만 대 이상 판매된 M6 모델이다.

아마도 전 세계 변경 지역에서 수많은 사진 이미지를 만든 것이 이 라이카의 M6일 것이다. 망원렌즈를 사용하지 못하기에 많은 포토저널리스트들은 광각은 라이카 M6, 망원은 캐논으로 이종교배해 다녔다. 보통 70~80퍼센트를 차지하는 50mm 이하의 사진에서 화질의 확보가 중요하기 때문이다.

하도 많이 만들고 팔려서 소장 가치는 없다. 따라서 라이카 중에서도 위의 3개 카메라는 싸다. 필름카메라를 제대로 사용해 보고 싶은 이들에게 권할 만하다. 7년 전 박노해 시인이 사진을 해 보겠다고 할 때 함께 충무로에 가 샀던 카메라도 M6다. 그는 이 카메라를 들고 세상의 변경을 부지런히 다녔다. 중동의 사막에서 안데스의 고원까지.

지금도 아마 잘 사용하고 있을 것이다. 평생 험하게 써도 부서질 일 없다. 그래서 이 카메라는 내 중국 취재길에도 가끔 동행해 왔다.

지리적 변경,

심상적 변경

중국 동북은 변경이다. 중원에서도 변경이고 한반도에서도 변경이다. 그래서 변경스러움이 이미지적으로 존재한다. 이 변경지대에서 살아간 사람들은 독특한 문화를 발전시켰다. 예를 들자면 중원인들이 보기에 고구려인들은 포악하고 사나우며 예의를 몰랐다. 변발을 했던 거란인들도 그랬고 몽골인들도 그랬으며 여진인들도 그랬다. 변경은 변경인들을 규정했다. 변경은 중심으로부터 원심력에 의해 멀어지려 하다가도 구심력에 이끌려 중심으로 진출했다. 그들은 한반도보다는 중국 중원을 원했으며 기동력 있는 기병 수십만으로 중원의 수천만을 능가했다. 거친 환경 속에서 자신들만의 기율로 모래알 같은 거대 인구를 통치했다. 가끔 한반도로 물밀듯 내려와 무력행사를 하고는 조공과 책봉의 규율을 만들어 등 뒤에서 칼 맞을 염려를 제거했다. 가급적 변경 밖으로 몰아내 경계를 삼고 상종하지 않길 기대했다. 그래서 동북은 고토라는 역사적 인식 저편에 누추하고 쫓겨난 자들의 땅이란 심상이 함께 존재한다. 저 변경에서 살던 사람들이 요즘은 조선족이라는 이름으로 우리 주변에서 함께 살아가지만 역시나 그들은 우리 마음속 변경에 존재한다. 지리적 변경과 심상적 변경 모두 인간에게는 매한가지다.

변경은 땅과 바다에만 있는 것이 아니라 우리의 생각, 언어, 문화에도 있다. 변경은 소외되고 차별받지만 국민국가에서는 폭력적으로 충성을 강요받는다. DMZ가 그렇고 4대강이 그렇고 제주도 강정이 그렇다. 내 땅에서 변경은 멀 수도 있고 가까울 수도 있다. 얼마 전 미술 하는 임흥순이 영화를 한 편 개봉했다. 직접 감독하고 편집한 영화 〈비념〉은 제주 4·3과 강정마을 해군기지 문제를 다룬 '다큐스러운' 영화다. 다큐 같기는 한데 미술인의 시각적 실험이 강하게 반영되어 있어 기존 문법의 다큐멘터리라 부르기도 좀 그렇다. 이 영화에서 오사카에 사는 제주여인의 한탄 같은 인터뷰는 꽤 충격적이었다. "한국 가지 마. 거기 가면 죽어. 한국 나빠. 가지 마." 4·3으로 가족은 죽고 홀로 탈출해 밀항선에 몸을 싣고 일본으로 들어가 황혼을 맞고 있는 이 제주 변경인은 결코 우리가 생각하는 국민국가 대한민국의 영토 안에서 살아온 사람이 아니었다. 그저 경계 없는 바다 위에 홀로 나름의 문화를 갖고 살아가던 탐라인들에게 변경을 획정하려 하는 '육지 것'들은 폭력 그 자체였던 것이다. 그리고 반세기가 흘러 강정은 해군기지 문제로 유사한 상황에 놓였다.

LEICA M4-P SUMMICRON 35mm f2

태왕릉의 풍경. 국내성에서 보는 위치로 국강상이라 불리며 같은 시호의 왕인 광개토왕과 그의 조부 고국원왕이 있다. 그에게도 태왕이라는 존칭도 있어 현 태왕릉이 백제와의 전투에서 사망한 고국원왕의 능이라는 견해가 있다. 지금은 허물어져 초라한 돌무지무덤에 불과하지만 당대의 크기는 어림짐작을 하기도 힘들었을 것이다.

다시 돌아와

가짜 광개토왕비 앞에서　　　—

　　　　　　　　올해가 광개토왕비 건립 1600년

이란다. 414년, 광개토왕의 아들 장수왕이 세웠다. 고구려를 당대 한

최후의 언어

국에 선행한 국가로 인식하지만 사실 이 문제는 복잡하다. 한국 사학계는 온전히 고구려를 우리 역사로 귀속하려 하지만 중국은 일사양용(하나의 역사를 둘이 쓴다) 입장이다. 고대 동아시아사를 전공한 김한규 서강대 교수는 아예 고구려를 '랴오둥사'라는 전제로 중국과 한국에서 분리된 독립적인 역사공동체로 간주한다. 이러한 여러 주장 속에 진실은 있을 것이다. 1600년이라……, 참으로 장구하구나.

고구려 가는 길

왕은 비류수에 채소 잎이 떠내려 오는 것을 보고 상류에 사람들이 있음을 알았다. 이로 인하여 사냥을 떠나 비류국을 찾아갔다. 그 나라 왕 송양이 나와서 보고 말하기를 "과인은 바다 옆 벽지에 있어 아직까지 군자와 같은 이는 본 적이 없었는데 오늘 우연히 만나 보게 되었으니 불행 중 다행한 일이오. 그러나 나는 군자가 어디서 왔는지 모르겠소" 하자 주몽이 "나는 천제의 아들로서 다른 곳에서 이곳으로 왔소"라고 답하였다. 그러자 송양이 말하기를 "나의 선조는 왕 노릇을 여러 대 해 왔다. 땅이 좁으니 두 주인을 용납할 수 없다. 그대는 나라를 세운 지 얼마 안 되니 나에게 부용함이

최후의 언어

옳다" 하였다. 이에 왕은 분노하여 그와 더불어 말다툼을 했으며 역시 활쏘기 기량을 겨루어 본 바 송양은 주몽을 당할 수 없었다. (『삼국사기』, 「고구려본기」, '동명성왕 조')

오녀산성에서 만난

오늘의 고구려인

　　　　　　　　나는 환런 현 훈장(비류수) 상류의 저수지가 훤히 내려다보이는 오녀산성 정상에 서 있다. 환런 댐으로 훈장의 상류지역은 모두 호수가 되었다. 중국이 처음으로 독자적인 설계를 한 현대식 환런 댐은 동북지역에서 가장 큰 인공 저수지를 만들었다. 아마도 저수지 아래 그 송양의 비류국이 있을 것이다.

전부터 소원한 대로 중국의 동북지역에 대한 취재 첫걸음이었다. 냉혹한 국제관계 속에서 이곳은 중국과 북한, 러시아가 접경한 동북아의 긴장 지대이자 중심으로부터 멀리 떨어진 변경이다. 그래서 더욱 취재를 원했던 곳이기도 하다.

중국 서부지역을 돌아다닐 때와 달리 만감이 교차했다. 좋은 풍광도 낭만적인 에피소드도 기대하긴 어렵지만 내 땅에서 가장 가깝고 오래전에는 우리 민족과 인연도 있었던 곳이기 때문이다.

첫 취재지는 중국 동북의 요서지역이랄 수 있는 랴오닝 성이다. 그중에서도 환런은 지린 성과 접경 지역으로 고구려가 첫 도읍으로 정한

중국 환런 현 조선족 마을 풍경과 사람. 모두 떠나 향촌에는 조선족학교가 사라졌다. 유창한 한국 말씨가 들려와 물어보면 서울 다녀왔단다. 조선족의 자발적 디아스포라화인가? 쓸쓸하다.

비류수가의 홀승골성^{乾升骨城}(현 오녀산성)이 위치했다고 비정되는 곳이기도 하다. 한때 고구려 붐이 불 때는 수많은 한국 관광객과 학자 들이 드나들던 곳이지만 이젠 뚝 끊겼다고 한다. 하긴 현 급의 촌동네로 관광을 오기는 힘들 것이다. 하지만 막상 접한 환런 현은 모텔과 노래방, 음식점으로 넘쳐 난다. 작은 도시에 웬 관광객을 위한 시설이 이리 많을까? 눈을 의심할 정도다. 고구려와는 무관하게 여름이면 훈장으로 물놀이 오는 사람들을 위한 것이란다. 그럼 그렇지, 고개를 절레절레 젓고는 주몽이 쌓았다는 그 홀승골성인 오녀산을 오른다.

최후의 언어

산은 겨우 8백 미터 남짓하지만 천연의 절벽이 2백 미터다. 완벽한 산성의 기초를 갖추고 있는 셈이다. 거의 45도 경사의 돌계단을 올라야 정상으로 간다. 너무 급한 경사라 무릎이 아프다. "도대체 고구려인들은 왜 이렇게 높은 산에 성을 만든 거야" 중얼거리며 고통스레 오른다. 그런데 시멘트 한 포씩을 메고 재빠르게 나를 앞질러 가는 사람들이 있다. 오녀산성을 보수하는 노동자들이다. 2천 년 전 오녀산성, 또는 흘승골성을 만든 것은 주몽이 아니라 고구려 민중이었다. 노동의 피와 땀과 눈물 없이는 아무것도 이룰 수 없다.

산성에 올라 이곳저곳 찍어 본다. 2천 년 전 그대로의 화강암을 쪼아 만든 성벽도 찍고 그 옛날 주민들이 살았을 법한 집터도 찍는다. 그런데 고대를 사진으로 소환하는 것은 매우 어렵다. 오래된 문화유적을 찍을 때면 느끼는 갈등이 번번이 발목을 잡는다. 과거인 양 찍을 것인가? 오늘의 모습을 있는 그대로 찍을 것인가? 대부분 사진가들은 전자를 선택한다. 지나다니는 사람도 없고, 전깃줄도 없고, 오직 그것은 고대 당대에 있었던 것처럼 찍히길 원한다. 『내셔널 지오그래픽』의 사진가뿐 아니라 거개의 사진가들이 그렇다.

나 역시 오랫동안 이 분야의 사진을 찍었다. 그리고 느낀 것이 있다. 그것은 불가능하다. 그런 척할 뿐이다. 오히려 당대에 그 역사가 무엇이었는지 고민하는 사진이 더 낫다는 결론이다. 고구려 첫 수도 오녀산성을 찍으면서 고대 것인 양, 그렇게도 찍을 수 있었다. 하지만 그런

오녀산성을 보수하는 노동자들이다. 2천 년 전 오녀산성, 또는 홀승골성을 만든 것은 주몽이 아니라 고구려 민중이었다. 노동의 피와 땀과 눈물 없이는 아무것도 이룰 수 없다.

OLYMPUS OM4Ti 35mm f2 FUJI Provia 100F

사진은 나 말고도 학자들이 똑딱이로 찍었다. 나까지 보탤 이유가 없
다. 오녀산성을 보수하는 저 노동자가 당시 성을 쌓던 노동자와 무엇
이 다르랴? 그들을 찍자. 그리 생각했다.

최후의 언어

고대를 사진으로 소환하는 것은 매우 어렵다. 오래된 문화유적을 찍을 때면 느끼는 갈등이 번번이 발목을 잡는다. 과거인 것처럼 찍을 것인가? 오늘의 모습을 찍을 것인가? 오녀산성 안 천지의 주변 풍광이다.

OLYMPUS OM4Ti 35mm f2 FUJI Provia 100F

'절대' 가벼운 카메라,

올림푸스 OM4Ti   ─

　　　　　　　　　사실 내 주력 카메라는 디지털이

다. 컷 수는 당연히 큰 차이가 나지만 촬영하는 데 소요되는 시간과 노력으로 보자면 7:3이다. 필름이 3이다. 그렇다고 카메라와 렌즈 두 벌을 들고 다닐 순 없다. 현지에 적응하는 것도 힘든데 장비 무게로 지치면 취재에 탈이 난다. 그래서 이럴 때는 작고 가벼운 필름카메라가 최고다. 이번 동북 취재에 함께한 것은 올림푸스다. 『낡은 카메라를 들고 떠나다』를 쓸 때 올림푸스의 FEN-FT를 소개한 일이 있다. 하프카메라로 유진 스미스가 미나마타병을 취재할 때 사용했고 베트남전에서 위력을 발휘했던 최소형 SLR이었다.

세상에는 카메라를 잘 만드는 회사가 하도 많아 올림푸스 정도는 애들 똑딱이나 만든 회사로 인식된다. 그도 그럴 것이 고등학교 시절 소풍과 수학여행 때 동네 사진관에서 빌려 주던 카메라가 올림푸스 FEN-EE3였기 때문일 것이다. 하프카메라라 두 배나 찍히던 알뜰형. 하지만 올림푸스도 좋은 광학회사다. 프로용 카메라를 발매했지만 현해탄 건너 한국에서는 올림푸스를 들고 작가인 척하는 사람이 없었다. 오로지 니콘과 캐논만 존재할 뿐. 그래서 지금의 중고 카메라 숍에도 올림푸스는 흔치 않다.

요즘 올림푸스가 디카로 발매해 톡톡한 인기를 얻는 FEN 시리즈가 바로 하프 사이즈였던 렌즈 교환형 FT이다. 그리고 최근 발매한 OM-D의 원형이 바로 이번에 들고 간 OM4Ti 카메라다. OM은 원래 그냥 M이었다가 라이카의 항의를 받고 올림푸스의 O를 붙여 이름을 OM으로 바꿨다. 기계식인 OM1, 3와 전자식인 OM2, 4가 있다. 올림푸스가 발매한 프로용 SLR이다. 그중에서도 T는 티타늄 보디이고 i는 인텔리전스한 노출계 모드를 가졌다. 기계식은 OM3Ti 전자식은 OM4Ti가 궁극의 보디들이다. 1970~1980년대 전 세계 모든 보디들과 어깨를 견줄 만한 혹은 더 뛰어난 보디들이었다. 현재 가격을 비추어 보면 니콘이나 캐논의 동급 보디보다 3배쯤 비싸다. 특히 OM3 시리즈는 기계식으로 라이카보다 비싸다. 물론 나 역시 가지고 있지 않다. 전자식으로 당시에는 더 비쌌던 OM4Ti를 갖고 있다.

올림푸스의 미덕은 일단 작고 가볍다. 노출은 필름 면 측광 방식이라 오차가 없다. 결코 '뻑사리' 나는 컷이 없다는 것이다.

고구려 발상지의
비극

오녀산 정상을 이곳저곳 돌아다닌다. 남북으로 1킬로미터, 동서 300미터의 꽤 넓은 평지였지만 수많은 나무들이 자라 숲이 되어 버렸다. 늘상 이곳에서 살았다기보다는 평시에는 환런 현 하고성자의 평지성에, 전시에는 이곳 오녀산성을 사용했을 듯하다. 그런데 이곳이 고구려의 발상지이기도 하지만 중국을 가장 큰 영토로 만든 청나라의 발상지라는 사실을 알았다. 오녀산성의 남쪽은 옹촌이라 해 1424년 만주족의 선조인 건주여진의 추장 이만주가 처음으로 웅거한 곳이다. 건주여진이 다시 만주족으로, 만주족 누르하

오녀산은 겨우 8백 미터 남짓하지만 2백 미터 길이의 천연 절벽이 있다. 완벽한 산성의 기초를 갖추고 있는 셈이다. 거의 45도에 가까운 경사의 돌계단을 올라야 정상으로 간다.

치가 후금을, 후금의 홍타이치가 청을 세웠다. 즉 고구려와 청은 모두 이곳 오녀산을 시작으로 성장한 것이다. 그런데 비극이 있다.

건주여진은 명과 조선으로부터 문화적인 세례를 받은 선진적인 여진인들이었다. 하지만 이들은 조선과 갈등했다. 1433년 약 400호 2천 명 정도의 인구를 지녔던 옹촌의 건주위는 조선 대군의 공격으로 500명이 살해당하고 이만주의 처자식 역시 죽임을 당했다. 이만주는 아홉 군데 칼을 맞고 도주했다. 1437년 조선은 다시 평안도 도절제사 이천으로 하여금 대군을 출격게 해서 다시 건주위를 공격해 부락민은 흩어지고 이만주는 조선이 두려워 산속으로 숨었다. 이후 명의 제안을 받아 1467년 조선은 세조의 명으로 군사 1만을 동원해 '건주여진정벌'이라는 이름의 토벌을 벌여 이만주를 죽여 없앤다. 당시 인구도 적고 부족 간의 연합도 느슨한 여진은 초기 조선의 상대가 아니었다. 그럼에도 불구하고 변경의 야인들을 길들이고 몰아내는 데 가혹하고도 잔혹한 전쟁을 수행했던 것이다. 우리 역사는 이것을 자랑스런 대륙 진출로 기록하고 있다. 건주여진이 이후 후금을 건국하고 조선을 침략한다. 그들이 어떻게 조선을 대했는가는 뻔한 일이다. 정묘호란, 병자호란이다.

이제는 희미한

고대의 기억들

　　　　　　　　성벽에서 멀리 환런 현이 내려다보인다. 이 지역은 만족자치현이지만 조선인들이 일찍부터 자리 잡은 곳으로 알려진다. 하지만 그것이 언제쯤일까? 청나라가 명을 제압한

산성의 가장 높은 곳에서 풍광을 보고 있노라니 옆에서는 성벽을 보수하는 노동자들이 휴식하고 있다. 비록 짧은 휴식이나 풍광 좋고 바람 시원한 곳에서 담배 한 대 피우며 쉬는 것으로 고단한 육체를 위무하고 있다. 2천 년 전 고구려의 노동자들도 다르지 않았으리라.

OLYMPUS OM4Ti 35mm f2 FUJI Provia 100F

1644년 입관 후 청조의 발생지를 보호하고 귀족의 경제적인 영토였던 곳의 침탈을 막기 위해 취해진 정책이 1677년 봉금령이다. 이때부터 만주지역은 장장 2백 년 동안 인적이 끊겼다. 환런 현 역시 마찬가지였다.

최후의 언어

작고한 조선족 출신 소설가 류연산 선생은 그의 저서 『고구려 가는 길』에서 한 일화를 전한다. 환런 땅에 처음으로 이주해 온 사람은 이기춘이다. 그는 평안북도 신의주 사람으로 1856년 오리전자에 이사 왔다. 처음 이사 올 때 동북 땅은 거친 황무지였다. 비바람 막을 곳도 없었고 입에 풀칠할 것도 없었다. 그들은 호미로 나무뿌리를 뽑고 풀을 베어 논으로 개간했다. 동북에서 가장 먼저 벼농사를 한 곳이 환런의 미창구였다. 1875년 일이다.

산성의 가장 높은 곳에서 풍광을 보고 있노라니 옆에서는 성벽을 보수하는 노동자들이 휴식하고 있다. 비록 짧은 휴식이나 풍광 좋고 바람 시원한 곳에서 담배 한 대 피우며 쉬는 것으로 고단한 육체를 위무하는 것이다. 2천 년 전 고구려의 노동자들도 다르지 않았으리라.

역사를 담는 사진은 차라리 당시를 상상하게 하는 오늘의 모습이 솔직하다. 내가 앞으로 찍을 '동북 프로젝트'는 이렇게 시작되고 있다. 어찌됐든 오녀산성은 유네스코 문화유산이라 절대 금연인데 노동자들은 이곳에서 한 대 진하게 피운다. 같은 골초가 어찌 부럽지 않겠는가? 허나 관람객은 벌금 100위안이었다.

소리 없이
사라져 가는 것들에 대해

번화한 거리를 걷는 중에 한 무리
의 사람들이 모여 소란하다. 나도 사람들 틈을 비집고 들어가 들여다보
았다. 초라한 행색의 한 사내가 우악스럽게 생긴 네 명의 남자들에게
팔이 꺾이고 무릎이 꿇린 채 바닥에 엎드려 있었다. 그 옆에는 그 사내
의 딸인 듯한 소녀가 공포에 질린 눈으로 행인들을 바라보고 있었다.
그 옆에서 소리를 지르는 여인의 말에 따르면 사내는 소매치기다. 주변
에서는 "가만두지 마", "때려 줘야 해"라는 소리가 들려온다. 겁에 질
려 움츠러든 딸아이 앞이라 그런지 그들을 둘러싼 사람들의 태도가 너
무 잔혹하게 느껴졌다.

도심 재개발에는 수많은 비리들이 존재한다. 중국에서 땅은 원칙적으로 국가 것이지만 개발 과정에서 부패한 관리들이 주민의 권리를 박탈하고 쫓아낸다. 당하기만 하던 인민들도 이제는 슬슬 눈을 뜨고 있다. 권리에 대해 말이다.

Canon EOS-1n 20~35 f2.8 Tri-x 필름사용

요즘 약자에게 더 야박하게 구는 것이 중국 도시민들이라고 한다. 결국 공안들이 와서 이 사내와 딸을 연행하면서 소동은 끝났지만 텐진으로 몰려드는 농촌 사람들의 현실을 보여 주는 것 같아 가슴이 답답했다. 겁에 질린 그 소녀의 눈망울이 오래도록 잊히지 않았다.

Canon EOS-1n 20-35 f2.8 Tri-x 밀린

이제 막 철도를 타고 농촌에서 상경한 '묻지 마' 여성들. 흔히 민공이라 불리는 이 여성들은 공장이나 식당, 가정부로 일한다. 월급은 우리 돈으로 10만 원 내외. 그나마 절반은 고향에 보내고 나머지로 힘겹게 도시 생활을 버틴다.

중국은 거주 이전의 자유가 통제되는 사회이다. 특히 내지인의 동부 연안 도시에 대한 통행은 엄격히 통제되고 있으며, 최근 발전을 거듭 하는 홍콩 옆, 선전시와 같은 곳의 거주권을 얻기란 대단히 어려운 일 이다. 그러나 선전의 시민권을 얻으면 주택 구입 등 생활의 많은 면에

최후의 언어

서 혜택이 주어진다. 선전시에 사는 사람 가운데 시민권을 가지고 있는 사람은 80만 명 정도이며 내지인들로서 임시 거주증을 가지고 거주하면서 생산과 상업, 잡역 등에 종사하는 사람들은 약 200만 명, 외국인을 포함한 그 밖의 거주자들이 70만 명 정도에 이른다. 여기서 기타 거주자 70만 명이란 무엇을 의미할까? 여기는 합법적으로 거주하는 외국인 외에도 불법체류 노동자와 이미 거주증 없이 흘러들어 온 서부 지역의 중국인들이 포함된다. 선전은 그야말로 통제 불능으로 가고 있는 것이다.

프랭크를

흉내 내다

오래전 중국 동부 연안 도시를 돌아다녔다. 톈진에서 칭다오를 거쳐 상하이, 항저우, 쑤저우를 보고 다시 남하해 샤먼과 광저우, 선전을 지나 홍콩과 마카오에 도착했다. 다들 말렸다. 윈난성이나 티베트면 모를까 그런 곳에 누가 눈길을 주겠는가 하고. 물론 알고 있었다. 외국인은커녕 내국인도 기록하지 않는 도심의 삶에 다들 관심 없다는 것을. 하지만 변경의 소수민족이 아닌 한족이 모여 사는 곳이 보고 싶었다. 그곳은 아이폰을 비롯해 전 인류가 사용하는 물건의 절반이 만들어지는 곳 아닌가? 그래서 낡은 카메라와 필름을 챙겨 떠났다. 스위스 출신의 사진가 로버트 프랭크는 낯

Canon EOS-1n 20-35 f2.8 Tri-x 칭다오

칭다오 대주 대회에 출품한 신강맥주 부스. 서부의 촌스러움이 그대로 드러난다. 중국의 맥주 소비량은 세계적이고 수십 가지 브랜드로 입맛을 사로잡고 있다. 물론 그중 으뜸은 칭다오 맥주다.

선 이방인의 눈으로 〈미국인들 The Americans〉을 찍었다. 나 역시도 중국인들을 그렇게 볼 참이었다.

　그런데 동부 연안의 도시는 스모그로 완전히 휩싸여 있다. 날씨가 좋은데도 이 지경이다. 톈진은 특히 도심 재개발로 비산 먼지가 심하

중국이 변했다 하지만 여전히 전체주의적인 사고가 남아 있다. 도심 주방장들을 모두 동원해서 청결을 외치는 캠페인성 행진을 하고 있다. 물론 이런 풍경이 내게 낯선 것은 아니다. 우리도 88올림픽 전에 이런 풍경이 흔했다.

Canon EOS-1n 20~35 f2.8 Tri-x 수저우

게 뿜어져 나온다. 도심 안쪽의 허핑 구였다. 이곳은 톈진에서도 가장 오래된 주거지로 특히 고건축물이 많던 곳이다. 북방의 삼합식 건축물들이 모여 있던 이곳은 현재 대규모 재개발이 진행되고 있다. 단층집이면서 도심에 있는 탓에 토지 효율성이 떨어진다며 보존가치가 있는

몇몇 주택을 제외하고는 모두 헐리고 있었다. 이곳을 지나다가 책임자인 듯한 중년남자에게 물어보니 "고급 아파트가 들어선다"고 한다. 그럼 전에 이곳에 살던 사람들은 어찌되는가? "그들은 도심 외곽에 주택이 마련된다." 불만도 없이 저항도 없이 밀려나는 것일까? 주민들의 불만을 힘으로 누르는 경제발전의 모순은 중국 정부가 안고 있는 일종의 화약고일지도 모를 일이다.

하지만 중국의 성장은 그 같은 부작용들을 덮고 있다. 내부의 모순은 경제적 실리로 봉인되어 있다. 선전은 30년 전만 해도 어업을 주요 생계 수단으로 하는 인구 2만 정도의 조그만 촌락이었다. 1970년대 후반 중국 정부의 개혁개방 정책에 따라 4개 경제 특구의 하나로 지정되고, 1980년부터 본격적으로 개발되면서 선전은 비약적인 발전의 계기를 맞게 된다. 경제 특구로 지정된 선전은 이웃 홍콩의 영향을 받으면서 여타 경제 특구들이 도저히 따라오지 못할 정도로 빠른 경제 성장속도를 보였다. 경제 특구의 아버지로 통하는 덩샤오핑은 1979년 4월에는 광둥성 지방 지도자들과의 만남에서 "역시 특구를 잘해야 합니다. 중앙은 돈이 없습니다. 오로지 정책만 펼 수 있습니다. 여러분이 직접해야 합니다. 죽을 각오로 혈로를 뚫어 보십시오"라고 이야기했다 한다. 덩의 소원대로 특구 설립 후 20년간 선전은 중국 정부의 표현을 빌리자면 '휘황찬란한 성공'을 거뒀다. 1980년 이래 선전의 연평균 성장률은 31.2퍼센트에 달해 20년간 경제규모가 755배 커졌다. 이 같은 수

치는 아시아 4대 신흥경제지역^{NICs}의 성장폭을 훨씬 초과하는 것이다.

이갑철의 카메라.

캐논 EOS-1n

　　　　　　　　중국 동부 연안을 1년 가까이 취재
하면서 그에 걸맞은 장비를 사용하고 싶었다. 로버트 프랭크가 라이카
를 사용했듯 나도 내 육체의 고통과 비견될 무엇이 필요했다. 수전 손
택이 이야기한 것처럼 "온갖 최신 장비로 무장한 적이 없으며, 근대 이
전의 기술이 낳은 제약에 스스로 복종"하고 싶었다. 그래서 나의 책
『낡은 카메라를 들고 떠나다』에 나온 것처럼 족히 60년도 넘은 소비에
트산 카메라를 들고 다녔다. 하지만 언제 어떻게 고장 날지도 모를 이
구닥다리를 완전히 신뢰하겠는가? 사실 가방 한구석에 최신 기술을
탑재한 카메라를 한 대 꼬불쳐 두었다.

　내가 EOS-1n을 사용한 것은 2000년 초반이다. 클래식 카메라에 미
쳐 갖고 있던 니콘 장비를 모두 처분하고 라이카, 콘탁스 등의 구형 제
품으로 바꿨다. 그런데 막상 라이카, 콘탁스 등을 쓰기 시작하자 뭔가
허전한 느낌이 들었다. SLR이 갖고 있었던 익숙함과 안전성에 대한 미
련이었다. 그래서 캐논의 EOS-1n 중고를 저렴하게 구입했다. 렌즈는
미처 투자할 여력이 없어 20-35mm f2.8 하나만 추가 구입했다. 역시
중고. 당시만 해도 한국의 포토저널리스트들이 니콘에서 캐논으로 갈

Canon EOS-1n 20~35 f2.8 Tri-X 수세요

경항 대운하 근처 사당에서 제를 올리고 난 동네 여성들이 부적을 태운다. 이 물길이 베이징까지 이어지면서 강북과 강남은 크게 교류했다. 이때 신앙도 전파됐다.

아타던 시기였다. 보디의 견고성은 모르되 AF 성능에서 확연한 차이를 보였다. 때마침 아스팔트에서 더 이상의 치열한 데모가 벌어지지도 않았고 견고한 보디의 요구도 차츰 사라졌다. 확실히 EOS1은 직관적인 인터페이스가 돋보였고 니콘의 각진 모양에 비해 부드러웠다. 게다가 EF 렌즈의 초음파모터는 과거 훈련된 감각으로 맞춰야 했던 초점을 압도했다. 축구장에서 망원으로 경기를 잡을 때 핀이 나가는 경우가 대폭 줄어들었다. 사실 수동 초점으로는 필름 한 롤의 절반도 건지기가 힘들었다. 그래서 나는 EOS-1n을 보조 카메라로 가방에 넣고 다

넜다. 물론 메인 카메라는 구닥다리 클래식 카메라들이었다.

하지만 이제 캐논 사용자들은 디지털 보디에 빠져들어 이 오래된 필름카메라를 사용하지 않는다. 사실 필름카메라의 맛을 느끼려는 사용자들은 니콘이나 콘탁스 같은 뛰어난 기계식 카메라를 떠올릴 것이다. 하지만 덕분에 EOS는 저렴하다는 장점이 있다. 당시로서는 플래그십의 대단한 보디들이었음에도 불구하고 요즘 EOS-1n은 깨끗해도 20만 원 내외다. 그렇다면 누가 이런 카메라로 작업을 하는가? 작가 이갑철이 있다. 『충돌과 반동』이후의 작업은 모두 이 카메라에서 이뤄졌다. 요즘도 EOS-1n에 밝은 50mm 렌즈를 끼고 어딘가를 어슬렁거리며 당신이 눈치채지 못하는 순간을 기다리고 있을지 모른다. 수년째 도시에서 화두를 찾고 있다는데, 나 역시 기다려지는 전시다.

낡은 것.

그리고 부서짐   —

　　　　　　　　　　쑤저우는 정원의 도시다. 운하와 다리 그리고 불교사찰이 가장 멋지게 어우러졌다는 한산사에 들렀다. 도심을 벗어나 수양제가 만든 대운하를 건너 도착한 한산사는 502년에 건립된 고찰이지만 몇 차례 화재로 소실되고 청대 말에 재건됐다고 한다. 한산사는 장계의 시 「풍교야박風橋夜泊」으로 유명하다.

Canon EOS-1n 20~35 f2.8 Tri-x 필터링2

한족은 한 자녀만 낳을 수 있다. 남자애면 더 좋겠지만 딸이라도 최고의 대접으로 키운다. 해변에서 여유를 즐기는 이 가족의 살집에서 도시민의 풍요로움이 느껴진다.

달이 지고 까마귀는 울고 하늘에는 서리가 가득한데 月落烏啼霜滿天

강에는 단풍이 들고 고깃배에는 불이 들어 잠을 잘 수가 없구나 江楓漁火對愁眠

쑤저우 성 밖 한산사로부터 姑蘇城外寒山寺

한밤중의 종소리는 나그네의 배까지 들려오는구나 夜半鐘聲到客船

이 시는 장계가 장안(지금의 시안)으로 과거 시험을 보러 갔다가 세 번

최후의 언어

째 고배를 마시고 고향으로 돌아가던 도중 그가 탄 배가 풍교와 강춘
교 사이에 머물렀을 때 한산사의 종소리가 들려와 수심에 찬 그에게
시상을 일으켜 읊게 되었다고 한다.

한산사 뒤편 경항 대운하 언저리에 자리한 풍교로 갔다. 누각 뒤로
역사적인 석교가 모습을 드러냈다. 풍교에 오르자 멀리 대운하를 오가
는 목선들이 보인다. 대운하 너머는 한창 공사 중이다. 무엇을 또 짓는
것일까? 부수고 또 부수고. 짓고 또 짓고. 옛것과 낡은 것은 소리 없이
사라져 간다.

실크로드로 보는
역사의 양심

　　　　　　　　　　　매년 책을 한 권씩 만들었다. 출판
을 업으로 해 보자는 십 년 전의 약속을 지키고 있는 셈이다. 얼마 전
출간한 책은 지금까지 만든 책 중에서 가장 크고 가장 두껍고 가장 많
은 사진을 실었다. 『사진으로 읽는 뉴 실크로드 I, II』(한국언론인협회 간)
는 무게가 5킬로그램이 넘고 800쪽에 600장이 넘는 사진이 들어간 책
이다. 그래서 이 책은 대중 시판용이 아닌 도서관용이다. 책이 도서관
에 들어가 반영구적으로 소장된다는 것은 작가에게 무척이나 매력적
인 일이다.

이 책을 준비하면서 착수한 작업이 과거 필름으로 찍힌 사진을 정리하는 것이었다. 오직 필름만 쓴 시간이 대충 12년이다. 이 필름 중에서 1996년 이후 해외 취재 건을 대충 추산해 보니 10만 컷쯤 된다. 절망이다. 너무 많다. 고르기도 힘들고, 고른 사진을 스캔하는 것도 암담하다. 디지털에 너무 익숙해진 탓이다. 그래도 3개월은 사진만 정리했다. 일단 흑백으로 찍은 것은 나중에 공개하겠다는 생각으로 제외하고, 컬러 슬라이드로 찍은 사진만을 모아서 정리하고 편집했다. 그런데 이 지난할 것 같던 작업이 의외로 행복했다. 십 년도 넘은 사진에서 새로 발견하는 '시각'이랄까? 내가 이렇게도 찍었구나. 오! 생각보다 굉장한데. 음! 재능 있었어. 자찬하며 지낸 시간이었다. 이렇게 찍은 사진 대부분이 니콘 F4s에서 나왔다. 내가 처음으로 구매한 카메라이자 가장 오래 사용한 사진기이기도 했다. 렌즈는 24mm와 100mm마크로, 180mm를 주로 사용했다. 필름은 초기부터 코닥의 EPP를 썼다. 현상이 잘된 필름들은 아직도 고유의 색감을 그대로 간직한 채로 '이제 어쩔 건데' 하고 묻는 듯했다.

　내가 사진을 하던 초기는 현장 사진가 대부분이 니콘이었다. 그 외 메이커는 아주 소수여서 때때로 화젯거리가 되기도 했다. 나는 단렌즈를 좋아했지만 기동성 높은 20-35mm, 35-70mm, 80-200mm 렌즈

황사로 뒤덮인 시안. 북쪽의 고비사막과 서쪽의 타클라마칸 사막에서 불어오는 모래먼지는 오래전부터 이곳의 봄철 풍경이었다.

는 사진기자들의 필수품이었다. 보디는 단연 F4s. 이상한 카메라 들고 다니면 요즘이야 아마추어겠거니 하겠지만 당시는 프락치로 몰리기 십상이었다. 기자나 경찰이나 모두 장비로 서로를 알아보던 시절이었다. 이 카메라는 무척 견고해서 웬만큼 떨어뜨리거나 굴려도 문제가

최후의 언어

란저우는 교통 인프라 건설에 박차를 가하고 있다. 란저우에서 하서회랑을 따라 신장 웨이우얼 자치구의 카스까지 철도가 완성되었다. 이제 우루무치까지 24시간, 우루무치에서 카스까지 또 24시간이면 갈 수가 있는 것이다. 몇 년 전만 해도 란저우에서 우루무치까지는 꼬박 버스를 타고 4박 5일을 가야 하는 거리였다.

Nikon F4s, Kodak EPP

없었다. 게다가 이 카메라는 상대를 견제하는 무기도 됐다. 기자들끼리 몸싸움을 할 때 기분 나쁘면 서로 상대방 카메라를 카메라로 쳤다. 전경들과 싸울 때는 카메라로 하이바를 쳤다. 그래도 카메라는 까딱없었다. 그래서 이 카메라는 사내의 카메라, 포토저널리스트의 카메라라는 호칭을 부여받았다. 1992년부터 사용해서 1996년 민다나오 무슬림 게릴라들을 취재할 때도, 2000년 동티모르 내전과 독립 현장에도

간쑤 성 하서회랑을 달리는 철도. 기련산맥과 곤륜산맥 사이에 난 이 통로를 통해 북쪽의 흉노가 침입했다. 이 통로는 바로 중국과 중앙아시아를 연결하는 통로이다.

니콘이 함께했다. 그사이 보디에 문제가 생긴 일은 없으니 대단한 카메라임엔 분명하다.

필름에 담긴

저토록 선명한 실크로드

　　　　　　　　나는 이 카메라를 들고 실크로드를
돌아다녔다. 중국의 광저우에서 베트남을 거쳐 태국, 말레이시아, 인도네시아, 스리랑카를 돌아 인도까지 갔다. 다시 중국 시안에서 타클라마칸 사막을 건너고 천산산맥을 넘어 중앙아시아에서 터키에 이르렀다. 그 길에 니콘 F4s와 F100 그리고 완전 기계식인 F2가 동행했다. 보디는 늘 두 대를 지녔는데 사막 취재길에는 완전 기계식 F2를 추가로 준비한 것이다. 거기에 플래시 2대, 단렌즈 3개, 필름 100롤까지가 내 취재 장비였다. 사진을 찍으며 돌아다니는 동안 별의별 일을 다 당했다. 강도도 만나고 소매치기도 만나고 사기꾼도 만났는데 그중 최악은 비밀경찰이었다.

실크로드의 천산남로를 취재할 때 들른 도시 중 하나가 타클라마칸 언저리의 오아시스 도시 쿠차였다. 위구르인들의 도시다. 아담한 레스토랑으로 들어가 양고기와 맥주를 시켰다. 황사가 부는 통에 운치 있게 밖에서 한잔할 수 없는 것이 아쉬웠지만 실내도 아기자기하게 꾸며져 있었다. 기념으로 레스토랑 전경을 한 장 찍었다. 그때 한쪽 구석에서 맥주를 마시던 중국인 사내가 다가왔다. 그리고 다짜고짜 "왜 사진을 찍느냐"고 다그쳤다. 나는 "레스토랑을 찍었을 뿐이다. 당신이 무슨 상관이냐?"고 했는데 알고 보니 남자는 사복공안이었고 위구르인들을 감시하는 중이었다. 졸지에 자신의 신분을 스스로 밝힌 셈인데, 이 중국 공안은 집요하게 사진 찍은 이유를 따졌다. 하지만 내가 아무것도 몰랐다고 버티자, 이번에는 공안이 "너는 중국인이다"라고 우기는 것이었다. 나는 어리둥절해서 "무슨 소리냐? 중국말 못하는 중국인도 있

Nikon F4s, Kodak EPP

둔황의 밍샤산. 아름다운 모래산을 볼 수 있는 곳이다. 그곳에서 관광상품이 된 낙타를 탄다. 밍샤산에서 이 낙타를 타고 한 바퀴 도는 데 우리 돈으로 5천 원 정도를 지불해야 한다. 하지만 주변 타클라마칸 사막은 거칠고 자갈투성이다. 우리가 머릿속에 그리는 그림 같은 사막은 어지간해서는 구경하기 힘들다. 신장 지역의 건조화는 수많은 문명들을 집어삼켰다. 둔황, 니야, 미란 등의 화려했던 실크로드 도시들은 이제 사막 한가운데 잠들어 있다.

냐? 난 한국인이다"라고 영어로 말했다. 그런데도 계속 나에게 "중국인인 것을 인정하라"고 했다. 그러고는 가게 주인부터 종업원 등에게까지 탐문을 하고 다녔다. 정말 이렇게 재수 없고 끈질긴 인간은 난생처음이었다. 하지만 가게 주변 위구르인들은 그 공안에게 자기들도 아는 바가 없다고 시치미를 뗐다. 중국 공안에게 협조할 생각이 없는 것

최후의 언어

화염산의 새벽. 손오공의 일화로 유명한 화염산은 이 지역 유명 관광지로 한낮의 온도가 45를 넘나든다. 하지만 새벽에는 담요가 없으면 잘 수가 없다. 그래도 여름철에는 사람들이 이렇게 비박을 한다.

Nikon F4s, Kodak EPP

이다. 가게 주인의 딸이 내게 눈짓을 하며 "걱정 말라"고 했다. 결국 그 남자는 한 시간 동안이나 나를 괴롭히다가 묵고 있던 호텔까지 확인한 후 갔다. 그날 밤은 정말 고통이었다. 혹시나 카메라와 지금까지 찍은 필름까지 압수당할 수도 있다는 불안과 공포가 가장 컸다. 밤새 경찰 차 사이렌만 들리면 나를 체포하러 온다는 망상에 시달렸다. 결국 잠을 설치고 새벽에 짐을 싸 호텔에서 몰래 나왔다. 그길로 역으로 가서는 다음 행선지인 카슈가르 표를 샀다. 나중에 안 일지만 그는 내가 베이징에서 온 반체제 학생일 것이라고 생각한 것이다. 신강 웨이우얼 자치구를 연구하는 학자에게서 들은 이야기다.

하여간, 카라부란(흑폭풍) 날리던 쿠차에서는 F100이 먼지로 사망했고, F2는 중앙아시아 우즈베키스탄 강도와 싸울 때 무기 대신 쓰는 바람에 중상으로 퇴출됐다. F4s만이 그 명을 다하고 온전한 죽음을 맞았다. 그 아련한 추억과 황사 너머 뿌연 기억들은 여전히 선명한 필름의 이미지로 새겨 있다.

전범기업
니콘 —

스무 해 가까이 알고 지내는 후배 사진가 중에 안세홍이 있다. 요즘은 재일 조선인 여성과 결혼해 일본에서 살며 작업을 해 오고 있다. 어느 날 일본에서 찾아와 니콘살롱에서 위안부 할머니 작업으로 전시를 하게 되었다며 일본어로 쓰인 팸플릿을 줬다. 내 일처럼 반갑고 기쁜 마음으로 술 한잔 사 준 기억이 있다. 그런데 얼마 후 니콘에서 일방적으로 사진전을 취소해 버렸다는 소식을 들었다. 취소의 이유도 밝히지 않고 그냥 미안하게 됐다고 했단다.

니콘은 전범기업이다. 모회사가 바로 제2차세계대전 당시 제로기를 만들던 대표적인 군산복합체 미쓰비시인 것이다. 미쓰비시는 군부를

카라부란(흑폭풍)이 덮친 쿠차 시내. 이곳에서 발생하는 황사는 단지 시야를 가리는 정도가 아니라 사람들의 생존을 위협하기도 한다. 중국인들은 모래폭풍(沙塵暴 사천바오)이라 부른다. 이 모래폭풍은 갑자기 나타나 수 미터 밖도 볼 수 없게 만든다.

등에 업고 군수장비를 만들면서 식민지에서 노동자를 강제 동원했다. 우리나라에서도 강제징용 당해 그곳에서 일한 사람들이 많다. 임금체불과 폭력적인 노동착취로 지금도 법정 소송 중이다. 이들은 우익정치인을 후원하고, 극우 매체인 『산케이신문』을 지원하며, 역사왜곡을 일삼는 극우 집단인 '새 역사 교과서를 만드는 모임'을 후원하고 있다. 결국 자회사 니콘은 이사회를 통해 안세홍 사진전을 불허했고 우익들은 여러 방법을 동원해 전시회가 열리지 않도록 압력을 행사했다. 하지만 안세홍 씨는 포기하지 않고 사진전을 열어 달라며 도쿄지방법원에 제소했다. 그러는 사이 그의 가족들까지 협박을 당해야 했다. 한국에서도 이 문제가 알려졌지만 그 반응은 정말이지 뜨뜻미지근했다. 나서는 이가 소수였다. 물론 니콘의 힘이었다. 그들에게 지원받는 사진가와 단체는 이 문제를 외면했다. 하다못해 적극적으로 대응해야 한다고 떠든 나는 '니콘의 후원을 못 받아 저러는 것'이란 뒷담화까지 들어야 했다. 결국 한국 사진가들의 서명을 받고, 뉴욕에 있는 지인을 통해 영문으로 호소문을 번역해 페이스북으로 돌렸다. 영국에서는 수백의 사진가들이 이에 동참했고 CNN은 이례적으로 특집 방송까지 편성했다.

하지만 그뿐이었다. 싸움은 여전히 안세홍의 몫이었다. 니콘은 사진전을 집행하라는 법원의 명령에 어쩔 수 없이 공간을 열어 줬지만 홍보는커녕 전시 자체를 알리지 않았다. 후속으로 열리기로 했던 오사카 전시는 아예 무답으로 대응하고 있다. 그사이 이 전시는 한국에서 류가헌 갤러리, 대구시립박물관 등을 거쳐 다시 일본으로 돌아가 오사카 개인 갤러리에서 진행 중이다. 일본의 자원봉사자들이 돕고 있으며 니콘살롱에서 그의 전시를 결정했던 중견 사진가는 심사위원 자리를 그만두고 후견인이 됐다. 이런 아이러니한 싸움이 어디 있을까? 한국 사진가의 위안부 할머니 사진이 정작 한국 사진계에서 외면당하는 현실. 차라리 이것이 자본의 문제라면 사진가들은 사회적 다큐멘터리를 하고 있다는 자신의 의무도 책임도 명예도 내려놓아야 할 지경이다.

전범기업 니콘(전쟁 당시 일본광학)은 전후 평화헌법으로 군수시장을 잃자 민수로 눈을 돌려 카메라를 만들기 시작했다. 그 카메라로 지금까지 수많은 사진가들이 전쟁을 고발하는 사진을 찍었다. 하지만 여전히 그들은 자신들이 벌인 전쟁을 부인하고 있다. 나는 독일 카메라 회사가 제2차세계대전 당시 나치의 만행을 고발하는 사진전을 방해했다는 이야긴 들어 보지 못했다. 즉 사진의 정신을 잃어버린 카메라 회사라는 비판은 니콘에게 아주 타당한 것이라고 할 수밖에 없다. 그래서 어떤 이는 자신의 카메라를 "때려 부숴 버리겠다"고도 하고 또 어떤 이는 "팔아 버리고 다른 카메라를 사겠다"고도 했다. 나는 그렇게까지 할 생각은 없다. 이 카메라는 내가 청년 시절 어렵게 모은 월급을 털어 샀고, 내 사진의 아주 많은 부분을 완성시켜 줬다. 하지만 니콘이 이 문제에 대해 진정으로 반성하고 문제를 해결하지 않는 한 새로운 니콘 카메라를 사는 일은 없을 것이다. 나는 카메라가 단지 사진을 찍는 도구가 아니라 사진가의 정신을 육화시키는 도구라 생각한다. 마음과 몸이 따로 놀 수는 없는 일 아닌가?

시베리아적인 삶

무척 아팠다. 엄살 좀 보태면 평생
을 통틀어 가장 아팠다. 감기였다. 체력이 여전하리라 생각하고 다니다
폐렴이 왔다. 그래도 조금 심한 감기려니 하고 출장을 다녔다. 그러다
더 이상 버틸 수 없을 때쯤 병원을 가니 폐에 물이 찼단다. 이 지경이 되
도록 내버려 두는 사람이 어디 있냐면서 담당 의사가 한심하다는 듯 혀
를 다 찼다. 일단 고열과 몸살은 어찌 참을 수 있었지만 가슴 통증과 호
흡곤란은 공포였다. 의도하지 않게 숨이 멎어 버릴 것 같은 일종의 패닉
상태에 이르러, 결국 가슴에 구멍을 내고 폐에 삽관을 해서 물을 뽑아
내기 시작했다. 1리터 이상이 빠져나온 후에야 제대로 호흡을 할 수

있었다. 하지만 이것은 일종의 응급처치일 뿐이었다.

요즘은 어린아이들이나 걸리는 흔한 질병으로 취급되지만 1세기 전만 해도 폐렴은 인류가 가장 많은 사망자를 낸 병이었다. 페니실린 같은 항생제가 개발되기 전까지 사람들은 꼼짝없이 폐에 물이 차오르는 고통과 호흡곤란을 느끼며 죽어 갔다. 꼭 중세 역병을 앓는 사람들을 한 번에 가두었던 수도원 같은 풍경의 8인실은 국민건강보험 덕분에 자부담이 거의 없다는 장점 외에 도무지 아픈 사람에겐 도움이 될 것 같지가 않다. 환자와 간병인이 뒤섞여 시장판 같은데다 도저히 잠도 잘 수 없다. 플라스틱 통으로 뚝뚝 떨어지는 혈액 섞인 폐의 체액을 넋 놓고 바라보며 비몽사몽 깨다 자다 했다. 40도를 오르내리는 고열 덕에 정신도 나갔다 돌아왔다를 반복한다. 이 상태가 바로 임사체험을 하기 가장 좋은 조건이다. 죽을 때 혼이 빠져나가는 체험을 뜻하지만 수도하는 사람들의 종교적 신비체험이나 육체가 가장 극한에 도달했을 때, 정신적인 이상체험까지를 포함한다. 꿈인지 생시인지 나는 계속 시베리아 초원에 있었다.

보이지 않는

살상 무기 —

16세기 말, 우랄산맥을 넘어 러시아인들이 서시베리아에 발을 들여놓았을 때 원주민들에게 선사한 최

바이칼 호수로 흘러들어 가는 앙가라 강은 곳곳에 호수와 소택지를 만든다. 여름날 이런 곳을 지나치
다 테이블을 세우면 그들의 식탁이 된다. 특별한 일이 아니다.

HASSELBLAD X-Pan 40mm f4 이끈호스크

거대한 초지와 양떼, 그리고 목동. 이 참전 용사 출신 목동은 양들이 풀을 뜯는 동안 체첸전쟁의 비극을 담은 책을 읽고 있었다. 풍경은 본질을 드러내지 못한다.

초봄, 얼음은 녹았지만 잦은 안개와 바람으로 바이칼의 수면은 거칠다. 세계 담수의 20퍼센트에 육박하며 수심이 1,700미터나 된다. 덕분에 수산업은 이곳의 주요 산업이다.

악의 재난은 질병이었다. 독감, 천연두, 매독이 그런 것들이다. 1630 년 한티족, 만시족, 네네츠족, 케트족의 절반이 세상을 떠났다. 1650 년 예니세이 강 북쪽 예벤키족과 사하족 80퍼센트가 사라졌다. 18세기 초에 드디어 동쪽 끝 캄차카에 도착한 질병은 이텔멘족, 코랴크족을 끝장내 버렸다. 인플루엔자 독감은 꼭 폐렴을 동반했고, 지독한 추위의 시베리아는 숙명처럼 죽음을 받아들였다. 기침하는 폐질환자와 시베리아는 왠지 잘 어울린다.

사실 혼미한 정신에 시베리아가 보였던 것은 아니다. 나는 2004년부터 2007년까지 러시아를 취재하면서 시베리아에 가 볼 기회가 많았다. 극동 블라디보스토크에서 서쪽 끝 상트페테르부르크까지 약 1만 1천 킬로미터 정도의 광활한 국가이니 인구도 많겠구나 하겠지만 러시아의 인구는 미국 인구의 절반에도 미치지 못하는 1억 4천만 정도다. 인구가 주로 도시에 몰려 산다는 것을 염두에 둔다면 시베리아는 거의 무인지경이라고 볼 수 있다. 오죽하면 1백 년 전 중부 시베리아 퉁구스카에서 혜성이 폭발하면서 사방 1백 킬로미터를 초토화시켰는데 알려진 사망자가 없었을까. 그런 시베리아에서 나를 매혹시킨 것은 바이칼 호수 주변 이르쿠츠크다.

처음 이곳에 도착했을 때 파리 뒷골목쯤 될 듯한 서구풍의 작은 도시에 매료됐다. 하루 종일 걸어 다녀도 질리지 않는 아기자기함이 있었고, 차르와 혁명가들이 만든 역사성에 취할 수 있었다. 하지만 역시

도시는 도시일 뿐이었다. 도시를 빠져나와 바이칼 호수로 가는 길에서 초원과 타이가 숲을 봤다. 자작나무가 가득한 북반구 아한대 침엽수림의 공간인 타이가는 교과서 속이 아니라 실체를 봤을 때 이해가 된다. 우리의 진정한 허파는 바로 이곳이구나 하고. 하지만 지금 그 허파가 폐렴을 앓고 있다.

배신자들의

동진   —

　　　　　　　　　　　원래 이 타이가 숲의 주인은 샤먼이었다. 수목관을 쓴 무당 말이다. 하지만 그가 어떻게 생겼을까 하는 상상은 부질없다. 대부분의 이미지는 러시아 탐사대가 사진으로 옮긴 참으로 비루해 보이는 근대 몽골인일 테니 말이다. 3천 년 전 이 숲의 주인은 찬란한 황금관을 쓴 스키타이인들이었다. 그들은 말을 교통수단으로 처음 사용한 유목민들이기도 했다. 그 후에는 경주의 김씨들처럼 적석목곽분을 사용한 흉노인들이 차지했다. 흉노는 민족이라기보다 다양한 인종의 연합체였다. 하지만 그들이 이 초원에서 쫓겨나 유럽에서 훈족으로 활동한 이후 이곳은 아시아 유목민의 땅이 됐다. 특히 할하족, 중가르족, 부랴트족 등 몽골계 유목민들이 바이칼을 중심으로 활동했다. 이들에게 자작나무와 바이칼의 물은 성스러운 것으로 다만 오늘 빌려 쓸 뿐 함부로 훼손할 수 없는 자연이었다. 그 전통은

초원에서 발견하는 가게란 대개 이런 모습이다. 안에 들어가면 이런저런 생필품을 살 수 있고 여행자의 몸을 녹일 블랙티와 흑빵이 있다.

17세기 러시아인들이 시베리아로 진출하기 전까지 지켜졌다.

하지만 아름다운 흑담비 모피에 대한 유혹으로 무장한 슬라브족들을 막아 내지 못했다. 초원과 숲을 방어하던 몽골인 중 가장 먼저 배신한 이는 부랴트인들이었다. 러시아인들은 '정복 후 동화'라는 회유 정책을 사용했다. 부랴트 귀족들은 차르에게 복종하는 대가로 작위와 봉토를 받고 조공을 면제받았다. 부랴트인들은 말에서 내려와 동방정교회로 개종했다. 게르 대신 통나무집에서 살았다. 그 후로 러시아의 동

진은 승승장구했다. 부랴트 배신자들은 기꺼이 동족들을 팔아넘겼고 다시 동족들을 탄압하는 마름 역할을 했다. 지금도 몽골공화국은 부랴트 공화국 사람들을 같은 동족으로 인정하지 않는다. 부랴트 사람들 역시 다시 몽골의 일원이 될 수 있으리라 생각지 않는다.

러시아인들이 동쪽 끝 베링해협이 보이는 캄차카까지 도달한 것은 순식간이었다. 그리고 이 거대한 땅을 관리하는 철도를 놓기 시작한 다. 바로 시베리아 횡단열차다. 이때부터 신성한 타이가 숲은 파괴되기 시작했다. 강도, 깡패, 사기꾼, 반역한 군인, 혁명가 등 우랄산맥 서쪽 러시아에서 사람들이 몰려들어 도시를 건설하고 철도를 놓았다. 모

HASSELBLAD X-Pan 40mm 14 이르쿠츠크

중부 시베리아 이르쿠츠크에서 만나는 러시아인들. 수백 년 동안 슬라브, 부랴트, 몽골, 고려인까지 혼혈해 세계적으로 아름다운 인종을 만들었다.

든 자재들은 숲에서 나왔다. 이미 줄어들 대로 줄어든 소수의 시베리아 원주민들은 그저 바라만 봤다. 지구의 허파는 뻥뻥 구멍이 뚫렸다.

지평선의 화각.

핫셀블라드 X-pan 파노라마 카메라   —

　　　　　　　　3년간 시베리아와 러시아 일대를 취재해 쓴 책이 『레닌이 있는 풍경』이었다. 사회주의 붕괴 후 반동과 민족주의로 몸살을 앓는 러시아의 오늘을 기록한 르포집이었다. 취재 마지막 해 나는 특별한 카메라 한 대를 사서 갔다. 파노라마 카메라.

최후의 언어

평범한 포맷으로는 도저히 표현되지 않는 저 시베리아의 지평선 때문
이었다. 그렇다고 6×17cm의 거대한 대형 파노라마 카메라는 엄두가
나질 않아 35mm 소형필름이 들어가는 X-Pan이라는 카메라를 구입
했다. 작고 가벼우면서 간단한 조작으로 35mm 기본 포맷도 촬영이
가능했다.

이 카메라는 핫셀의 제안으로 후지가 제작한 것이다. 게다가 이미
콘탁스의 G나 코니카의 헥사에 적용된 기술을 변형한 것이다. 셔터는
세이코의 것이고 몸체 역시 비슷한 프레임을 갖고 있다. 외장 도금까
지 실패한 기술을 고스란히 적용해 조금만 사용하면 너덜너덜 도장이
벗겨진다. 이런, 너무 흉만 본 것일까? 그래도 이러한 포맷의 카메라
는 시장에서 유일한 것이어서 그 인기가 지금도 식을 줄 모른다. 상태

바이칼 호수의 올혼섬에서 본 백야. 찍은 때는 하지로 날이 길게 이어져 밤 10시 넘어도 훤하다. 해는 완전히 지지 않고 지평선에 걸렸다가 다시 솟아오른다.

HASSELBLAD X-Pan 40mm l4 바이칼 올혼섬

가 좋은 카메라와 기본 렌즈의 가격은 과연 중고 필름카메라가 맞나 싶을 정도로 혀를 내두른다.

요즘 디지털카메라의 화소 수는 35mm 카메라의 화질을 넘어 중형 645급이다. 그래서 찍고 크롭을 해도 충분하지만 뷰 파인더를 통해 프레임을 만드는 직관성이 없다. 그래서 여전히 X-Pan은 많은 팬을 갖고 있다. 세상의 풍경도 그렇다. 흔히 동양은 세상을 세로로 보고 서양은 가로로 본다는데 이는 살아가는 환경에서 기인한 것이 아닐까 싶다. 하늘의 구름과 그 아래 산, 산 아래 계곡과 초가, 그리고 인물이라는 동양적인 산수의 세계가 있다면, 오른쪽에서 왼쪽까지 와이드하게

최후의 언어

벌어지는 서양의 풍경은 초원을 닮아 있다. X-Pan을 들고 황산에 가면 동양의 산수가 구현되고, 시베리아로 가면 스펙터클한 파노라마가 연출된다. 그래서 이 작은 소형 카메라가 몇몇의 호사가 사이에서 식을 줄 모르는 인기를 누리고 있는 것이다.

숲과 허파,

사물의 필연

　　　　　　시베리아 횡단열차가 완공된 것은 이미 백 년 전 일이다. 하지만 그 때문에 타이가의 숲은 기하급수로 파괴되고 있다. 철도의 역은 도시가 되고 그 도시는 이주민들로 팽창하고 있다. 시베리아 곳곳에 매장된 자원들은 새롭게 개발되어 철도를 타고 이동한다. 내가 오늘 본 시베리아는 수 세기 전 그 시베리아가 아니다. 병든 내 폐처럼 시베리아도 병들어 가고 있다. 그러나 항생제와 의사의 솜씨 좋은 수술 덕에 나의 폐가 소생했듯이 시베리아의 타이가 숲도 재생될 수 있다. 하지만 내가 여전히 하루 두 갑씩 담배를 피우는 것처럼 인간이 자원에 대한 착취를 멈추지 않는다면 두 곳 모두 지속 가능한 미래는 없을지 모른다. 내 임사체험에 시베리아가 나타난 것은 괜한 일이 아닐지도 모른다.

유목민의 땅 랑무스에서

우선 독자들에게 양해를 구해야겠다. 이 글에 달린 사진들을 보고 인쇄 사고가 아닌지 걱정할까 봐다. 사진이 사고가 난 것이다. 멀리 중국 간쑤 성 고원의 초원지대로 갔다. 콘탁스 RTS II를 들고 찾은 고원의 티베트 사원 라브랑스와 랑무스는 눈이 시리도록 찬란했다. 그런데 웬걸. 돌아와서 현상해 보니 이렇게 빛을 먹고 말았다. 가기 전에 분명 컬러 슬라이드 필름으로 테스트를 했건만 이렇게 강렬하게 빛을 먹은 것을 보니 셔터막이 새고 있었던 것이 분명하다. 감도 400의 Tri-x에 고도 4천 미터의 강렬한 빛은 테스트를 무력화해 버렸다. 하지만 현상된 필름을 보며 실망보다는 그냥 체념했다. 그것도 이유가 있을 것이라고. 어차피 오래된 필름카메라를 들고 세상 이야기 하는 것이니 이마저도 받아들이자고. 이 필름카메라도 나만큼 나이를 먹었으니 골병든 곳이 어디 한두 군데일까? 그저 나처럼 적당히 고치며 살아야 하는 것이 오래된 필름카메라의 숙명이 아닐까 한다. 자, 이제부터 저 멀리 티베트 고원으로 간 이야기를 시작해 보자.

고원의 티베트 사원으로 간

사람들

　　　　　　　　　　　　매년 중국 서부 오지에서 사진 워크숍을 했다. 한때는 해외 사진 워크숍이 붐이기도 했지만 지금은 이 중국 워크숍만 남았다. 5년 동안 지속한 것도 대단한 일이다. 하지만 전처럼 참여 인원이 많은 것도 아니고 강사도 나와 사진가 이갑철 선배뿐이다. 강사와 참여인원 합해야 10명 안쪽이다. 그래서 더 가뿐하기는 하다. 두 사람 모두 돌아오는 여름이 기다려지는 것은 이번에는 어떤 곳으로 어떤 사람들과 떠날 것인가에 대한 기대 때문이다. 올해는 소설가, 출판인뿐 아니라 새우로 박사를 받은(국내 단 2명) 수산 연구원도 있다. 그들이 사진을 찍어야 할 이유는 별처럼 많다.

이러저런 사연을 안고 2012년 워크숍을 떠났다.

이번 워크숍 장소이자 우리의 여행지는 중국 서부의 간쑤 성. 성도인

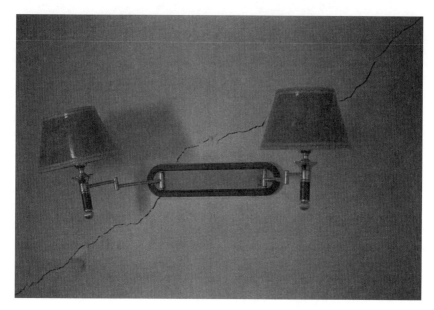

워크숍 첫날 라브랑스의 게스트하우스. 이갑철 선배와 함께 묵은 이 방은 두께 10cm 벽이 갈라져 있다. 지진이라도 온 것일까? 이런 방, 이런 건물이라면 당연히 두려워해야 함에도 불구하고 나나 갑철 선배는 재밌어 했다.

곽덕스 RITS Ⅱ

란저우에서 출발해 샤허 현과 루취 현을 거쳐 루얼까이 현까지 이르는 고도 3500미터의 고원지대다. 우연하게도 이곳은 내가 중국 서부를 8년 간 취재하게 된 첫 취재지이기도 했다. 현 지역으로서는 간쑤 성에 속하지만 이곳은 오래전부터 티베트의 일부였다. 정확히는 '암도 티베트'라 한다.

샤허의 새벽은 청량하다. 서울은 한여름이겠지만 여긴 춥다. 차갑지

중국 간쑤 성 루취 현 랑무스. 바이룽장을 두고 간쑤 성과 쓰촨 성 경계에 있지만 사실 60년 전에는 티베트 땅이었다. 3천 미터 고원에 펼쳐진 이 사원과 마을은 서부에서도 그 풍광과 환경이 으뜸이라 할 수 있다.

라브랑스 대경당으로 가는 참도(순례객들의 길)가 공사판이다. 대형 버스가 들어갈 수 있도록 하려는 것
이다. 중국 정부가 이 비용을 댄다. 티베트 사원의 관광지화 전략이다. 그들의 불심이 강한지 돈이 강
한지를 내기하려는 듯하다.

만 맑은 공기에 코까지 찡한 느낌이다. 전에는 서울을 출발해 시안까지 비행기로 날아와 란저우를 거쳐 샤허까지 도착하는 데 꼬박 삼 일이 걸렸다. 하지만 이번에는 란저우까지 직항, 란저우에서 샤허까지 반나절. 8년의 세월 동안 무섭게 변해 버린 중국을 대변한다. 너무 빠르다. 샤허의 공기는 분명 서울보다는 깨끗했지만 산소 농도가 낮다. 이곳은 해발고도가 2920미터에 이른다. 백두산(2744미터)보다 높다. 하지만 이곳에서 숨 쉬기가 곤란한 것은 산소의 농도가 낮기 때문만은 아니다. 인간의 폐는 기압에 의해 산소를 밀어 넣는 방식이라 숨이 가쁜 것은 기압 문제인 것이다. 티베트를 여행할 때 꼭 지켜야 할 수칙이 떠올랐다. "뛰지 마라!" 평지에서 살던 사람들이 이 고도에서 뛰어다니다가는 쓰러지기 딱 좋다. 그래서 이곳의 호텔은 1층이 가장 비싸고 위로 올라갈수록 저렴하다. 엘리베이터가 없는 이곳의 4층 호텔에서는 계단 오르기가 고통스럽다.

샤허는 배산임수의 가람 배치를 가졌다. 뒤쪽으로 산이 있고 앞쪽으로는 대하강이 흐른다. 하지만 담장이 쳐진 우리네 사찰과는 다르다. 대금와전이라 불리는 미륵전이 이 사원의 중심이다. 이곳 주변으로 여러 채의 대형 사찰 건물들이 흩어져 있다. 이곳에 기거하는 승려만 2천 명 가까이 된다. 그 규모는 티베트의 6대 사찰이라는 명성이 부끄럽지 않다. 라브랑스는 청나라 강희제 시절인 1709년에 세워졌다. 샤허 역시 이 절과 함께 생겨난 마을이다.

내가 좋아하는 미국의 현대 미술가
는 호퍼가 거의 유일한 듯하다. 그를 좋아하는 것은 낮과 밤 모두 빛을
탁월하게 표현한다는 점이다. 붓의 터치는 그렇지 않지만 그림이 마치
컬러사진을 떠올리게 하는 매력이 있다. 당신이 컬러사진가라면 꼭 이
곳의 티베트 사원을 찾아볼 일이다. 흙으로 판축한 담벼락에 원색의
물감을 칠해 놓은 사원 앞에 서면 누구라도 예술 하고픈 생각이 들고
말 것이다. 하지만 그도 부질없는 짓. 애초에 그것을 만든 승려들의 몫
일 뿐, 나는 그저 사진으로 복사한 것에 불과하다. 그러나 사진은 그
이상의 무엇이 있어야 한다. 호퍼는 그리하여, 어렵다.

다시 카메라를 메고 사원을 어슬렁거린다. 이곳 승려들의 봉기와 분
신으로 2년간 외부인에게 공개되지 않았던 라브랑스는 이제 공사 중
이다. 공권력으로 누르기보다 아예 관광지화를 선택해 승려들에게 돈
맛을 보여 주려는 것일까? 순례자들이 오체투지로 걷던 이 참도는 관
광버스를 위한 포장도로로 바뀌고 있다. 해탈로 가는 길은 중국식 자
본이 함께하고 있다. 자본이라! 있던 것도 좋은데 여전히 새것이 좋다.
길어야 1킬로미터도 되지 않는 곳에 도달하기 위해 걷기보다는 안락
하게 차를 타고 코앞까지 가려는 것이다. 수행자들이 오체투지하며 걷
던 길은 이제 바닥에 스치면 화상을 입을지도 모를 콘크리트로 바뀌니

어찌 괜한 투덜거림이겠는가.

　이번에 들고 간 필름카메라, 콘탁스 RTS II를 만지작거린다. 1982년
도에 나온 카메라이니 꽤 나이가 들었다. 콘탁스 하면 독일 칼 자이스
를 떠올리지만 사실 콘탁스는 일본 회사라 할 수 있다. 전후 독일의 카
메라 산업은 동서분단과 배상문제로 황폐화된데다 일본 카메라 회사
들의 도약으로 어려움을 겪었다. 칼 자이스 역시 렌즈에 주력하다가
당시로서는 대세가 된 SLR을 일본과 제휴하기로 하고, 1975년 펜탁스
와 K마운트 카메라와 렌즈 설계에 참여한다. 하지만 어떤 이유에서인
지 파트너를 바꿔 야시카와 콘탁스를 설립하게 된다. 초기 렌즈는 서
독 칼 자이스가 생산하고 RTS를 선두로 보디는 일본 야시카가 생산하
게 된다. 독일 포르쉐 디자인팀이 설계한 RTS II는 매우 단단한 느낌
을 주고 손잡이 부분을 가죽으로 마감해 고급스런 분위기까지 두루 갖
추고 있다. 당시로서는 니콘의 F3나 캐논의 F-1에 해당하는 최고급기
였을 것이다. 하지만 남대문의 한 작은 카메라 매장 선반에서 먼지를
쓴 이 카메라를 단돈 15만 원에 냉큼 가져왔다. 한동안은 렌즈가 없어
역시나 내 선반에서 잠자다가 최근에야 필름 맛을 본 것이다. 렌즈의
명성은 오랫동안 콘탁스 마니아들의 입방아에 오르내렸지만 카메라
보디는 그만 못했다. 하지만 직접 사용해 보니 명불허전. 깜짝 놀랄 정
도로 시원한 파인더와 이름에서도 알아챌 수 있는 리얼타임 셔터는 놀
라운 셔터감을 선사한다. 하지만 앞에서도 밝혔듯이 중고 기계는 닭

랑무스의 풍경은 스위스를 닮았단다. 랑무스는 산과 초원, 강과 계곡이 어우러진 정말로 보기 드문 환경을 지녔다. 이곳은 말과 야크, 양을 키우는 유목민들의 땅이다.

고, 조이고, 기름 쳐야 한다. 30년 된 기계를 신뢰할 수 있는 것은 오직 자신밖에는 없다. 그것을 소홀히 한 나는 그 대가를 고스란히 빚 먹은 필름으로 돌려받은 것이다.

한국인을 좋아하는
티베트 승려

　　　　　　　　라브랑스를 떠나 또 다른 티베트 사원 랑무스로 향했다. 루얼까이 초원으로 가는 길에 위치한 랑무스는

랑무스 대협곡을 흐르는 맑은 물에 야크들이 목욕을 한다. 인간과 무관한 자연이 빚은 신비로운 풍경
이다.

묘한 곳에 위치하고 있었다. 마을이 바이룽장을 사이에 두고 간쑤 성
과 쓰촨 성으로 나뉘기 때문이다. 풍경이 한눈에 들어오는 언덕으로
힘겹게 올라갔다. 젊은 티베트 승려들이 거대한 금속 나팔 둥첸을 연
습하고 있었다. 승려들의 모습을 워크숍 참가자들과 함께 살짝살짝 찍
었지만 그들은 영 협조할 기색이 없다. 결국 승려들이 연습 방해 말고

최후의 언어

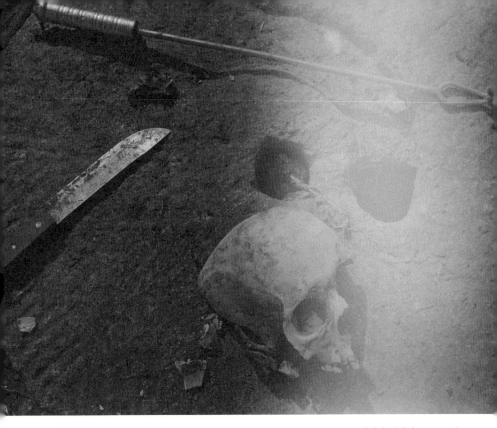

랑무스 천장대 맷돌에 올려진 오브제들. 천장의 살벌함은 살과 피가 사라지자 함께 증발한다. 잔혹감도 신비감도 없었다. 그냥 백골이 말하는 듯했다. '인생은 그런 것이다.'

꺼지라고 소리치니 우리의 여행 코디 황성찬도 결국 "빨리 내려가래요"라고 한다. 하지만 못내 아쉬워 혹시나 하는 마음으로 "한국에서 왔다"고 하니 금세 다시 올라오란다. 하여간 이곳의 한국 사랑은 못 말린다. 한족은 미워하면서 한국인은 좋아하는 그들. 어찌 한국을 알았나 하면 모두 텔레비전 드라마를 통해서다. 우리는 그들에게 사랑받을 만한 사람들인가? 우린 그들의 지도자 달라이 라마에게 입국 비자도 내주지 않고 있다.

랑무스에는 다른 지역에서 볼 수 없는 한 가지가 있다. 많이 알려져 있다시피 티베트는 사람이 죽으면 천장을 한다. 사람의 시체를 독수리나 까마귀의 밥으로 주는 것이다. 이를 통해 사람의 영혼이 하늘로 간다고 하지만 천장의 진정한 목적은 인체를 완전히 소멸시키는 것이다. 티베트는 고도가 높아 나무가 거의 없다. 즉 화장을 할 때 장작으로 쓸 만한 연료가 없다는 뜻이다. 매장도 힘들다. 너무 습도가 낮은데다가 땅은 알칼리 성분이 강해 시체가 썩지 않은 채 미라가 되고 만다. 인류가 수만 년 동안 장례를 발전시킨 것은 인간의 육신을 자연으로 돌리기 위해서였다. 티베트의 천장은 그런 의미에서 가장 적합한 것이었다.

8년이나 됐는데 그 길은 잊히지 않고 나를 안내했다. 바람에 흩날리는 타르쵸와 인적 없는 공간이 잠시 나의 머리를 텅 비게 만든다. 살점이 사라진 백골을 부수는 맷돌 위에 두개골이 보란 듯 놓여 있다. 누가 이리 해 놓은 것일까? 경고인가, 관광상품인가?

2

깊고 느리게―중형 카메라

더비, 큐브릭
그리고 아버스

페이스북을 하면 전혀 모르거나, 멀리 떨어져 있는 사람과도 무척 친한 듯 느껴진다. 내가 좋아하는 사진가 아그네스 더비. 한국계 프랑스인이다. 그리고 방콕에 거주한다. 좋아하는 이유야 멋진 사진에 있겠지만 특히 흥미를 느끼는 것은 50년도 넘은 고전 카메라인 롤라이플렉스를 사용해서 현장 포토저널리즘을 구현한다는 점이다. 6×6cm의 중형 필름 포맷으로 유명한 이 카메라는 사실 다이앤 아버스의 카메라로 유명하다. 하지만 인물 중심의 포트레이트에 능했던 그녀와 달리 아그네스는 사제 총탄이 난무하는 방콕의 아스팔트에서 능숙하게 이 구닥다리 카메라를 구사한다. 그녀의 사진을 보다가 내 롤라이플렉스를 선반에서 꺼내 만지작거린다. 아직도 나는 롤라이플렉스를 놓지 못하고 있다. 이 정방형의 포맷은 생각보다 무지 구리다. 렌즈 교환도 안 된다. 하지만 묘한 매력이 있다. 포맷이 주는 회화성 때문일까?

나를 자극하는

어려운 화각

　　　　　　　　　　홍춘_{宏村}이라는 마을이 있다. 중국 안후이 성에 위치한 아름다운 고촌이다. 송나라 때로 거슬러 올라가야 할 만큼 오래된 마을이기도 하나 워낙 중앙정부에서 활동하는 관료를 많이 배출한 탓에 이렇게 지금도 살아남아 있다. 중국 명산 중 하나인 황산의 남서쪽에 자리한 홍춘은 산을 등지고 물을 마주한 전형적인 배산임수의 지형이다. 송나라 때 처음 사람들이 몰려들어 마을을 형성한 후 명나라 때 오늘날 보는 모습의 홍춘이 만들어졌다. 홍춘은 요즘 말로 '계획 도시'라 부를 만한 설계를 갖고 있는데, 그 전체 모양이 소의 형상을 닮아 '우형촌'이라고도 불린다. 마을 위쪽 언덕이 소머리이며 그곳의 숲은 소뿔이다. 홍춘의 주택이 밀집한 곳이 몸통이며 하천 위 4개의 다리는 소의 다리이다. 마을에서 가장 아름다운 인공호수 난후는 소의 위장으로 여기서 흘러내리는 인공수로의 물은 소의 소장, 대장에 해당한다. 이 인공수로의 물은 거의 모든 집들로 흘러들어 가 식수와 가정용 하수로 사용되고 목조건물의 화재를 막을 수 있는 방화수로도 쓰인다. 오늘날 홍춘에는 명청시대 휘상들의 막대한 돈으로 만들어진 전통가옥 150여 채가 남아 있다. 이것이 모두 세계문화유산의 일부인 것이다.

이곳이 나 같은 외국인에게도 유명해진 것은 바로 리안 감독의 〈와호장룡〉 덕분이다. 영화 후반에 달아나는 장쯔이를 쫓던 주윤발이 가볍게 물을 밟고 날아가던 장면을 기억하시는지? 바로 홍춘 난후다. 명대의 아름다운 집들과 물이 만나 세트장을 방불케 하는 곳이다. 〈와호장룡〉은 드물게 여러 번 본 영화인데, 특히 마지막 장면이 인상 깊다. 주윤발이 죽어 갈 때 옆에서 흐느끼는 양자경의 연기가 대단하다. 이어질 수 없었던 관계 가운데 돌연 나타난 장쯔이에게 마음을 준 주윤발이 밉고, 죽어 가는 이 남자를 가질 수 없는 것이 억울해 보였다. 양자경은 홍콩이 낳은 여배우 중에서 무술뿐 아니라 연기력도 탁월한 배우이기도 하다. 그런데 재밌게도 아카데미상 10개 부문 후보에 오르는 저력을 보이며 흥행과 작품성을 동시에 성공시킨 이 영화가 중국에서는 흥행에 실패했다. 러브라인이 중국인들에게 전혀 어필하지 못한 것이다. 너무 서구적이란다. 그렇다면 중국적인 러브신은 무엇일까? 그저 죽음도 담담하게 받아들이는 것일까? 하지만 난 지금도 솔직한 감정을 드러낸 이 고색창연한 할리우드발 아시아 무협영화에 한 표를 주고 싶다.

홍춘의 위장에 해당하는 난후다. 직경 50미터 정도 되는 인공호수로 마을 사람들의 상수도다. 이 호수 위로 장쯔이와 주윤발이 날아갔다.

명청시대 가장 흥했던 홍춘의 누구 집 담벼락이다. 상점도 아닌데 쇼윈도를 만든 것은 집주인 취향인
지 지나는 사람을 위한 것인지 모르겠다. 시대답게 장식된 것은 모두 백자들이다.

세계인을 매료시킨

〈와호장룡〉의 홍춘

　　　　　　　홍춘에 갔으니 당연히 산행을 해야

한다. 중국의 명산 중 하나인 황산이다. 이번에는 가장 가벼운 것으로

최후의 언어

ROLLEIFLEX 2.8F Carl Zeiss Planar 80mm f2.8 중국 안휘성 홍촌

홍춘의 회칠한 담벼락은 거대한 캔버스가 된다. 손수 그림을 그린다. 창문도 그리고 식물도 그리고 광고도 그린다.

골라 갔다. 롤라이플렉스다. 하지만 떠올려 보면, 정방형으로 풍경 찍는 이가 거의 없다. 가끔 보이는 정방형은 핫셀블라드로 찍은 것들이다. 렌즈가 교환되어 풍경의 다양한 맛을 담을 수 있지만, 롤라이플렉스는 렌즈 교환이 불가능한 카메라다. 그래서 찍힌 사진의 대부분이 인

ROLLEIFLEX 2.8F Carl Zeiss Planar 80mm f2.8 중국 안휘성 둔촌

이발소에서 발견한 홍태양 마오쩌둥이다. 이 인민의 아버지는 죽어서 더 유명해졌다. 신으로 등극해
수많은 인민들의 고해성사를 들어 준다.

물이다. 역사적으로 풍경 사진에서 가장 많이 선호한 포맷은 6×9cm

다. 이 포맷의 풍경용 중형 카메라가 가장 많이 나왔다. 칼 자이스나 포

익틀렌더의 폴딩 카메라가 그것들이다. 일본인들은 산에서 펜탁스67

을 좋아한다. 6×7cm 포맷이다. 그러던 것이 요즘은 HD 포맷과 유사

ROLLEIFLEX 2.8F Carl Zeiss Planar 80mm f2.8 중국 안휘성 황산

홍춘이 있는 안후이 성에는 중국의 명산 황산이 있다. 이곳에는 2개의 호수, 3개의 폭포, 24개의 계류, 해발 천 미터가 넘는 72개의 봉우리가 있다. 최고봉은 1800미터 정도 된다. 정상까지 가는 등산로는 4만 개의 계단으로 되어 있다.

ROLLEIFLEX 2.8F Carl Zeiss Planar 80mm f2.8 공개 구역 촬영

한 6×12cm를 많이 쓴다. 사진에서는 여기서부터 파노라마로 분류한다. 이래저래 풍경을 정방형으로 찍는 이는 없다. 필름은 코닥의 네거티브를 가져갔다. 요즘 디지털의 HDR처럼 계조를 넓히는 데 슬라이드필름보다 유리한 점이 있다. 찍힌 필름 중에 20장을 골라 스캔했다. 직접 인화를 하면 좋겠지만, 이제는 충무로에도 수동으로 컬러 프린트하는 곳이 흔치 않다.

역시 황산은 대단하다. 우리네 설악산과 금강산을 합쳐 키워 놓은 듯하다. 아침과 저녁 운무가 끼었을 때의 선경은 산수화의 그것이다. 하지만 사실 그림 같은 사진을 좋아하지 않는 나로서는 이 산행이 피곤하기만 하다. 다시 홍춘으로 내려와 거리를 돌아다닌다. 롤라이플렉스가 다른 카메라와 차이가 있다면 무척 겸손한 카메라라는 점이다. 대개의 경우 고개를 숙이고 파인더를 보며 초점을 잡아야 하기에 피사체는 '이 사람이 인사를 하나?'라고 생각할 수 있다. 그래서 롤라이플렉스는 당대에 '신사의 카메라'라 불렸다. 피사체를 잡아채는 듯한 공격적인 라이카 대신 신사의 정중함이 드러나는 카메라라는 것이다. 그래서 롤라이플렉스는 풍경보다 사람을 찍는 카메라일지도 모른다. 또 하나, 이 카메라는 대부분이 로우 앵글로 찍혀 사람의 감정과 주관성이 도드라진다. 홍춘의 골목길에서 찍은 소녀의 사진은 역시나 그런 느낌이 살아 있었다.

홍춘의 골목에서 만난 한족 소녀. 명청시대에 멈춰 버린 이 오래된 골목에서 감자 스낵을 맛있게 먹고 있는 아이에게 동시대감을 느낀다.

역시 사람을 찍는,

롤라이플렉스 2.8F　　　　　—

　　　　　　　　사진을 정리하면서 우연하게 롤라
이플렉스를 기가 막히게 사용하는 사람을 발견했다. 〈2001 스페이스
오딧세이〉의 영화감독 스탠리 큐브릭이다. 그가 1940년대 그래픽 잡
지 『룩』에 기고한 사진들. 깜짝 놀랐다. 그가 프로 사진가로 활동한 것
도 이번에 알았고, 롤라이플렉스로 이렇게 현대적인 사진을 찍었다는
것도 처음 알았다. 사진 한 장 한 장을 천천히 감상했다. 그의 프레임
에 장차 천재적인 작가로 성장할 다이앤 아버스의 프레임이 겹친다.
놀랍고 인상적인 사진들이다. 그를 괜히 '영상 천재'라 부르는 것이 아
니다. 담배 한 개비 빼물고, 다이앤 아버스의 책을 꺼내 든다.
　　롤라이플렉스를 이야기하면서 무척 겸손한 카메라, 또는 심장에 가
까운 카메라(헬무트 뉴튼)라고 표현한 것을 다시 떠올려 본다. 그런데 이
이야기가 다이앤 아버스에게도 통할까? 그녀는 롤라이플렉스로 사람
을 찍은 대표적인 사진가로 사진사에 기록되지만 겸손한 휴머니스트
로 접근했는지는 미지수다. 사실 그녀의 사진에서는 따듯함이 느껴지
지 않는다. 대신 집요한 호기심과 인간 내면 탐구에 대한 열망이 읽힌
다. 그래서 롤라이플렉스를 들고 고개 숙여 파인더를 바라보는 그녀의
행위는 겸손보다는 그 어두운 구멍으로 침전해 들어가는 편집광적인
욕망을 느끼게 한다. 롤라이플렉스의 후드 달린 파인더는 라이카나 니

콘 같은 카메라처럼 두 눈을 뜨고 사물을 바라보지 못한다. 오직 후드 안 어두운 스크린만을 주시해야 한다. 집중과 몰입이 다른 카메라에 비해 강하다. 평생 다른 카메라를 사용하지 않고(후반에는 롤라이를 복제한 마미야의 카메라를 사용하기도 했다. 렌즈 교환이 가능해서였다.) 롤라이 스타일만을 고수한 것은 세상과 단절시키는 롤라이플렉스의 파인더 형식 때문이었는지도 모르겠다. 원고를 쓰다가 다이앤 아버스의 이런저런 초상 사진들을 본다. 늘 그녀에게는 롤라이플렉스가 안겨 있다. 그리고 그녀에게 있어 죽음과 겸손은 어떤 의미였을까 생각해 본다. 그녀는 평생 주변 사람들과 불화했다. 오직 불완전한 피사체만이 그녀를 위로했다. 전기 『다이앤 아버스 : 금지된 세계에 매혹된 사진가』에서는 워커 에번스 부부와 리처드 애버던 정도가 대화 상대라 했을 정도다. 책뿐 아니라 니콜 키드먼이 다이앤 아버스를 연기한 영화 〈퍼〉가 있다. 다시 봐야겠다. 그녀는 사람들에게 어찌 다가갔을까?

뜨거운
색의 열기 속으로

전에는 가끔 "당신은 흑백사진가
요? 컬러사진가요?"라는 질문을 받았다. 필름만을 쓰던 시절에는 그
사람이 들고 다니는 필름으로 성향을 파악하곤 했기 때문이다. 나는
컬러사진가로 통했고 빛과 색을 잘 보는 축에 속했다. 하지만 처음부
터 그랬던 것은 아니다. 아마추어 시절 없이 바로 직업 사진기자가 됐
기에 편의상 선택한 것이 컬러였다. 잡지사 사무실에 암실이 있어 초
기에는 열심히 흑백으로 찍고 현상하고 인화도 했지만 1990년대 초는
컬러 잡지의 시대였고 당연히 컬러 슬라이드 필름을 사용하는 것이 대
세였다. 충무로 대부분의 현상소는 필름 현상으로 먹고산다고 해도 과

언이 아닐 정도로 대규모 소비가 있었다. 월급도 제대로 주지 못하는
회사 사정에도 꼬박꼬박 한 달에 100롤씩 찍었다.

컬러사진,

참 어렵다

필름은 관용도가 좁아서 조금만 노
출을 잘못 맞추면 사용할 수 없게 된다. 1스톱은커녕 1/3스톱 정도로
정교하게 노출을 조절해야 한다. 어찌 보면 필름은 포토저널리즘에서
는 그리 좋은 도구가 못 된다고 할 수도 있다. 이렇다 보니 현장에서
취재하고 늦은 오후 충무로 현상소에 들러 필름 맡기고 기다리는 두
시간 동안 꽤 애를 태운 것 같다. 좋은 사진을 찍었으리라는 기대와는
달리 현상된 필름을 라이트박스에 올리는 순간 그 절망감이란. 아무리
좋은 프레임도 노출농도가 맞지 않으면 꽝이었다. 요즘처럼 후보정에
탁월한 로우파일의 존재가 없었던 때는 찍는 것으로 끝나는 것이 슬라
이드 필름이었다. 어찌 되었건 덕분에 사진을 찍을 때 노출문제를 제
대로 연습했다는 성과는 있었다. 그 후로는 거의 모든 작품을 컬러로
발표했고 나는 컬러사진가로 통했다.

하지만 컬러사진은 우리의 시각과 너무 비슷하여 흑백사진이 주는
묘한 비현실적인 느낌의 매력과 맛을 따라오지 못했다. 당시에도 잡지
등에 발표하는 사진은 컬러로 찍지만 자신의 작업은 흑백으로 하고 있

는 선배 작가들은 많았다. 그들에게도 '작가는 역시 흑백이야'라는 생각이 있었을 것이다. 하지만 일과 작업을 분리하는 것에 반대했던 나로서는 컬러를 좀 더 완성도 있게 밀고 가는 수밖에 없었다. 그때 발견한 인물이 알렉스 웹이었다. 요즘은 우리 사진계의 아마추어들도 이름을 알고 있을 정도지만 20년 전에는 그렇지 않았다. 그도 당시는 젊었고 매그넘의 멤버가 되기 전 한창 물이 오른 중견의 사진가였을 뿐이다. 그는 당시에 『내셔널 지오그래픽』과 같은 컬러 잡지를 위해 일을 했는데, 그의 사진이 일약 세계적으로 알려진 것이 중남미 아이티를 찍은 『핫 라이트』 덕분이었다. 이 사진집을 어렵게 구해 본 소감은 빛과 색을 무척이나 주관적으로 쓴다는 것이었다. 흔히 오전 이른 시간이나 늦은 오후 부드럽게 각진 빛을 이용하는 관행과는 달리 쨍쨍한 대낮에 강력한 콘트라스트를 그대로 안고 찍힌 그의 사진은 파격 그 자체였다. 암부의 디테일 따위는 강력한 원색으로 커버해 버린다. 하여간 이 사진집을 대한 후로 얼마나 오랫동안 가슴이 먹먹했는지 모른다. 그런 빛을 찾아 찍어 보려 해도 우리 땅은 위도가 다르니 가슴앓이만 오래 한 듯하다. 그래도 내게 프레임을 가르쳐 준 것이 포토저널리스트 유진 리처즈라면(이 사람과는 직접 워크숍을 하기도 했다.) 색을 가르쳐 준 이는 알렉스 웹이었다.

나의 컬러 이야기,

말라카　　　　　　　　　　　—

　　　　　　　　　　"사진을 찍을 때 사실상 내가 하는 일은 사물에 대한 해답을 찾는 작업이다." 사진가 윈 블록이 한 이야기다. 세상을 떠돌면서 사진 찍는 것이 직업인 나는 주변에서 "가장 가볼 만한 도시가 어디냐?"란 질문을 종종 듣는다. 참 난감한 것은 내 몸 상태에 따라 대답이 바뀐다는 것이다. 피곤할 때는 "보라카이나 발리로 가세요", 기운이 넘칠 때는 "라싸나 카슈가르로 가세요"라 답한다. 하지만 목적지 없이 그냥 떠다니다 도착한 곳에서 의외로 감명 깊은 도시를 만나, 오랜 친구가 되는 곳도 있다. 내게는 그곳이 바로 '말라카'였다.

　　영화 〈매디슨 카운티의 다리〉에서 킨케이드와 프란체스카가 처음 만나 그녀의 고향 이탈리아의 '바리'를 이야기한다. 킨케이드가 "그냥 차를 타고 지나다가 너무 마음에 들어 내렸노라"고 하니, 프란체스카는 '이 남자 지금 수작을 거는군' 하는 표정을 짓는다. 하지만 킨케이드가 커피 한잔 마신 카페 골목이며 상세한 지리를 이야기하는 순간 그녀의 표정은 한없이 녹아내린다.

　　사실 사진가들이 목적 없이 취재를 다니는 경우는 흔치 않다. 1999년 여름, 방콕에 있었던 내게도 마찬가지였다. 미얀마에 반대하는 카렌 반군을 취재하려던 계획이 실패하면서 시간이 남고 말았다. 그래서 무

말라카 개신교 교회. 포르투갈인들 다음으로 들어온 네덜란드인들의 식민 교회다. 그다음에는 영국인
들이 들어와 말레이시아가 독립할 때까지 말라카를 지배했다.

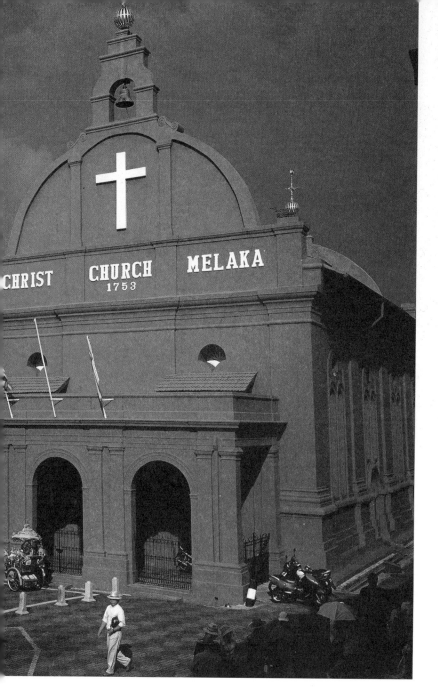

말라카 궁 회랑의 모습. 언제부터 이곳 말라카의 상징색이 감색이 되었는지는 모르겠다. 원주민도 포르투갈인도 네덜란드인도 영국인도 모두 이 색을 말라카에 칠했다.

작정 싱가포르행 기차를 타고 말레이 반도로 내려갔다. 그때 『내셔널 지오그래픽』을 읽다가 사진가 데이비드 앨런 하비의 '쿠바' 사진을 봤다. 아! 이런 곳에 내가 지금 있다면. 그런데 옆 좌석에 있던 싱가포르인이 "야! 이곳은 말라카 같군요"라고 한다. 뭣이라고! 순간 내 새로운 목

태어난 아이를 위해 이슬람식의 축복을 하고 있다. 중동의 이슬람과 달리 이곳 열대의 이슬람은 여성들의 지위가 무척 높다. 집안 경조사는 여성들이 주도한다.

적지는 말레이시아의 고도 말라카로 정해졌다. 드디어 알렉스 웹의 '핫 라이트'를 내 것으로 만들 기회가 온 것이다.

'올드 말라카'의 중심에 도착하는 순간, 유럽풍의 건물들은 늦은 오후의 태양빛을 받아 찬연한 빛깔을 드러낸다. 오래전 네덜란드인들이

MAMIYA 7II KODAK E100VS

아랍 상인들이 이곳 말라카에 이슬람을 전파한 것은 천 년도 더 된 일이다. 모두 향신료를 찾아 이곳까지 왔다. 말레이인들은 모두 무슬림이지만 독실하다 할 수는 없다.

건축한 관공서와 교회 들이다. 짙은 감색의 이 거리에는 바, 음식점, 노천카페 들이 이방인을 환영하고 있다. 말레이시아에서는 흔치 않은 프로테스탄트 교회인 '크라이스트'가 눈에 들어온다. 정말 아름답다. 교회 앞에 있는 분수와 아름다운 꽃들이 영화의 한 장면 같다. 1753년

최후의 언어

높게 올라가는 현대식 건물은 고도 말라카를 왜소하게 만든다. 대신 저 멀리 말라카 해협이 눈에 들어온다. 전망이 부동산 가격을 올려놓고 있다.

네덜란드인들이 지은 건물이다. 광장 중앙에는 빅토리아 여왕 시절 영국인들이 만든 분수가 시원스레 물을 뿜고 있다. 광장을 끼고 세인트 폴 언덕을 한 바퀴 도니 이번에는 16세기 이곳에 처음 도착한 유럽인들이었던 포르투갈인들의 요새가 나온다. 아! 이곳은 진정 열차에서

말라카의 항구 기능은 멈춘 지 오래다. 해상 실크로드의 관문은 싱가포르에게 내준 지 오래다. 하지만
그 역사적 풍경까지 사라진 것은 아니다.

만난 싱가포르인의 이야기처럼 아시아의 쿠바였다. 게다가 이 역사적인 도시를 가꾸고 사는 중국, 말레이, 인도, 포르투갈 혼혈인들. 다인종 다문화가 한데 어울려 이룩한 역사적인 도시였다. 어찌 쿠바가 부러우랴!

뻥튀기한 라이카,
마미야7II

알렉스 웹이 아이티를 촬영할 때만 해도 사용한 카메라는 라이카 M2였다. 당시로서는 주로 발표 매체가 잡지이거나 책이었기에 더 큰 판형의 카메라는 필요하지 않았을 것이다. 그런데 전시 비중이 높아지면서 라이카를 사용하던 이들이 함께 사용하는 카메라가 등장했다. 마미야 사에서 개발한 중형 레인지파인더 카메라인 마미야7이다. 대만 출신으로 미국에서 공부한 청년 치엔 치창乾琦은 라이카 M6로 흑백사진을 찍다가 일거에 신데렐라처럼 매그넘의 신입회원이 됐다. 그를 직접 만나 보니 목에는 마미야7이 걸려 있었다. 작업을 컬러로 바꾸고 화질도 전시에 손색이 없는 중판으로 바꾸다 보니 라이카와 같은 레인지파인더 카메라인 마미야7을 선택했단다.

마미야는 소형 분야에서는 이렇다 할 카메라를 개발하지 못했지만 중형 카메라에서는 달랐다. 1940년에 설립된 마미야가 첫 개발한 카메라는 마미야6로 주름상자형 레인지파인더 카메라였다. 6×6cm 판형의 이미지를 만드는 핫셀에 비해 작은 카메라였다. 이후에도 마미야는 이 분야에서 645, 67 등 펜탁스와 함께 중형 카메라의 강자가 된다. 특히 렌즈가 교환되면서도 사이즈가 작은 신형 마미야6는 라이카를 뺑튀기한 제품이었다. 하지만 판형의 어정쩡함으로 바로 67 사이즈의 마미야7으로 교체된다. 이후에는 좀 더 개량된 마미야7II까지 발매하고는 단종됐다. 하지만 이 카메라의 콤팩트함과 정교하고 샤프한 전용 렌즈 덕에 아직도 인기는 대단하다. 사진 마니아로 널리 알려진 박찬욱 감독이 할리우드에서 찍은 저예산 영화, 〈스토커〉에는 니콜 키드먼이 나온다. 그런데 더 눈에 띄는 스태프가 있었으니 사진가 매리 엘런 마크다. 그녀가 박 감독의 영화에 스틸 사진가로 참여했다. 박찬욱 감독이 직접 그녀에게 요청한 것이란다. 그냥 한번 불러 봤는데 정말 오더란다. 너무 기쁜 마음에 작업 내내 그녀와 사진 이야기를 했다고 한다. 그런데 할머니 마크는 마미야7으로 작업을 하고 있었다. 박 감독이 "나도 그 카메라 갖고 있다. 단종되어 렌즈나 액세서리 구하기가 힘들다"고 하자 "내게 단골집이 있다. 다 구해 준다"고 했단다. 아마도 그녀가 이 카메라로 촬영 현장을 담은 것은 셔터 음이 거의 없다는 점과 포스터 등 큰 사이즈의 이미지에 잘 대응할 수 있다는 점 때문일 것이다.

나 역시도 이 카메라를 구입한 것은 소형 카메라처럼 트라이포드 없이 활용할 수 있다는 점과 매우 정숙하다는 점 때문이었다. 게다가 2000년대 중반 이후 디지털도 함께 사용했지만 턱없이 작은 화소 수 때문에 화질이 충분한 필름카메라가 간절했기 때문이다. 때마침 KBS〈역사스페셜〉팀이 해외역사기행을 준비하면서 내게 말라카에 가자고 했다. 자문으로 써먹을 리포터로 섭외한 것이다. 내 책을 보고 기획을 했다니 아니 갈 수 없다. 그래서 열대의 그 강렬한 빛을 중판에 담아 보리라 하고는 마미야7부터 챙겼다. 그로부터 한 달, 열대의 뙤약볕 아래서 반쯤은 익어 버렸지만 사진은 그리 녹록지 않았다. 카메라가 아무리 좋은들 능력이 그에 미치지 못하면 사진도 여물지 못하다. 자신의 눈을 연장하는 도구로서의 카메라가 완전히 녹아들기까지 또 얼마나 걸려야 하는 것일까? 그런데 방송도 출연하랴 사진도 찍으랴, 하면서도 틈틈이 한눈을 팔았다. 혹시나 말라카의 프란체스카는 없나 하고 말이다. 하지만 역시나, 떠돌이 사진가의 로맨스는 영화 속에서나 존재할 픽션일 뿐이다.

흐르는 강물처럼

내성천이 발원하는 오전천. 경북 봉화군 물야면 옥돌봉 샘물에서 흘러나와 계곡을 이룬다. 어떤 이는 선달산 생달천을 발원이라 하지만 두 천이 물야 저수지로 모여들어 내성천을 이루니 발원지가 어디인가는 내성천에게 물어봐야겠다. 몇 차례 영주에서 예천까지 중하류를 다녔는데, 강의 최상류가 보고 싶었다.

옥돌봉 남쪽 지봉인 1152봉에서

내성천은 낙동강 상류의 중요 지류다. 백두대간 선달산 계곡에서 발원하여 봉화, 영주, 예천을 거쳐 문경시 영순면과 예천군 풍양면 사이에서 낙동강 본류로 흘러든다.

VERWIDE 70L6X00cm 로켓 Super-Angulon 8/47mm

내성천은 봉화 선달산 밑에서 약 106킬로미터를 흐르며 봉화, 영주, 예천을 지나 삼강에서 낙동강과
합류한다. 주변에는 낙엽송과 신갈나무, 물푸레나무, 단풍나무 들이 빽빽이 들어차 있다. 내가 기대한
내성천의 상류 모습은 바로 이런 것이 아니었을까. 아름다운 물과 숲이다. 널리 알려진 회룡포가 이곳
내성천에 있다.

발원한 오전천 계곡으로 갔다. 이곳에 그 유명한 오전 약수탕이 있다. 초정리 탄산수처럼 오전약수도 미네랄과 함께 탄산이 섞여 있다. 조선 시대에는 전국의 상인들이 주도한 약수대회에서 1등으로 선정되기도 했다 한다. 이 약수는 위장병과 피부병을 앓는 이들에게 효능이 있다 전해진다. 조선 중종 때 풍기군수를 지낸 주세붕이 이 약수를 마시고 "마음의 병을 고치는 좋은 스승에 비길 만하다"라고 칭송했다는 기록 이 있다. 약수터에 가 보면 주세붕이 남겼다는 '人生不老, 樂山樂水'라 는 글귀가 아직 남아 있다. 조금 산을 내려가면 내성천은 좁고 가파르 게 흐른다. 주변에는 낙엽송과 신갈나무, 물푸레나무, 단풍나무 들이 빽빽하게 들어차 있다. 내가 기대한 내성천의 상류 모습은 바로 이런 것이 아니었을까. 아름다운 물과 숲이다.

한참을 걸어 오르니 내성천이 큰물을 이룬다. 물야 저수지의 풍경이 다. 오전천과 선달산 생달천이 만난다. 물야 저수지는 2000년 초반에 완공된 사력댐으로 봉화지역 식수와 홍수 예방을 위해 만들어졌다. 여 기서 아래로 흐르는 물이 내성천이니 인간이 만든 발원지라 할 만하다. 물야 저수지 밑으로 첫 마을인 오전리 장터마을이 있다. 뜨거운 여름날 무궁화가 활짝 펴 있다. 이번 답사는 혼자다. 봉화읍에서 새벽 6시 반 버스를 타고 오전 약수탕에 도착해 걸어서 다시 봉화읍까지 가 볼 생 각이다. GPS로 보건대 15킬로미터가 조금 넘는다. 사진 취재하며 천 천히 걸으면 5시간 정도 걸릴 듯한데, 이 뙤약볕이 문제다. 저수지부터 물야면을 흐르는 내성천은 완만하다. 양쪽으로 논과 사과밭이 늘어서 있고 천변은 여름 잡풀로 무성하다. 그런데 계속 걷다 보니 눈에 들어오는 것이 있다. '보'다. 어림잡아도 200미터에 하나꼴로 있다. 이 보들은 농업용수를 끌어오거나 수위 조절을 위해 만든 것들이다. 그런데 자세히 보면 요즘도 사용되는 것들인가 의심스럽다. 왜냐하면 저 위에 어마어마하게 물야 저수지를 만들어 놓지 않았는가?

봉화군에서 사용하는 생활용수는 지난 세기에 비해 600퍼센트 늘었지만 농업용수는 30퍼센트로 줄었다. 농촌 인구가 늘어난 것이 아니니 물소비는 엄청 늘었고 농사는 오히려 줄어든 것이다. 그런데 과거에 만들어 놓았던 이러저러한 보들은 그대로 있다. 깨지고 방치되고 무너졌다. 게다가 저렇게 천변 바로 가까이 지어지는 펜션은 또 뭔가? 이러하니 보 아래 물이 썩어 간다. 폐기된 보들이 철거되지 않고 하천에 방치되어 하천 생태 통로의 단절, 수질 악화 등의 문제가 지속적으로 야기되고 있다. 현재 우리나라에는 18,000개의 보가 있고 매년 용도폐기 되는 보가 100기가 넘는다. 이러한 보들은 철거되지 않고 그대로 남아 생태계를 교란하고 있다. 하지만 가끔 콘크리트 보에 비해 오래전 선조들이 만들었을 듯한 자연석 보도 있다. 생태적으로도 수질면에서도 좋고 운치도 있다.

내성천에 살고 있는 어종은 미유기, 수수미꾸리, 다묵장어, 흰수마자 등 8과 23속 29종이며 한국 고유종은 11종이다. 내성천은 국내에서 가장 잘 알려진 흰수마자 서식지다. 물론 제일 흔한 것이 피라미들이다. 하지만 손바닥만 한 놈들이 많아 민물 매운탕으로 그만이다. 봉화에서는 피라미를 갈아 매운탕을 만드는데 그 맛이 추어탕 같다. 보호종은 안 되겠지만 내성천이 물고기로 가득해 싼값에 매운탕을 즐길 수만 있다면야 그보다 좋은 일이 있겠나.

세상에 오직 한 종뿐인

베리와이드100 —

　　　　　　　　　　걷는 것에 이력이 난 뚜벅이 사진가도 뜨거운 태양에 견디다 못해 간이 정류장으로 피해 들어갔다. 전부터 늘 고민한 일이지만 풍경은 역시 면적과 밀도가 필요했다. 소형 카메라로 많이 찍기보다는 걷고 고민하고 풍경을 감상하다가 한 컷을 누르는 것이 내성천 답사에서 적당했다. 하지만 중대형 카메라들은 장비의 무게가 장난 아니다. 이 짐을 지고 내성천 구간 100킬로미터를 걷는다는 것은 그리 현명치 못하다. 뭔가 작은 카메라가 필요했다. 그리하여 내 장롱에서 먼지를 쓰고 있던 '베리와이드100', 이놈을 다시 불러낸 것이다. 전에 나와 세상의 끝 같은 파미르 고원에 다녀온 일이 있다. 렌즈 교환이 안 되지만 47mm 슈퍼앙굴론이 탑재된 이 녀석은 풍경에 최적화되어 있다. 게다가 세상에 단 하나뿐인 6×10cm의 특별한 포맷은 다른 사진들과 차별화된다.

내성천 중류 유래교에서 바라본 내성천. 하중도와 수변의 자연습지가 아름다운 곳이다. 물길은 다양한 식생을 만든다. 모래와 둔치, 주변 습지가 어우러져 생태의 보고를 만든다.

VERMIDE 100 6X10cm 포맷 Super-Angulon 8/47mm

간이역 건물 뒤편으로 내성천이 흐르고 벌레 소리, 개구리 울음소리가 적막한 농촌을 흔든다. 이곳에서 발견되는 조류는 100종이 넘는다. 오리와 백로가 한가하게 피라미를 잡고 있다. 작아서 보이지 않겠지만 노란 물새도 함께 사냥을 하고 있다. 맑은 물에서 차지게 자라는 것이

내성천이 아름다운 것은 첫 번째가 모래요 두 번째가 왕버들이다. 수변에서 자생하는 이 왕버들은 높이 20미터까지 자라고 그늘 아래 물고기들이 살아가며 내성천의 생태를 이뤘다. 가끔 큰물이 나서 나무가 쓰러져도 그 옆으로 새끼 나무들이 또 자라 숲이 사라지는 일은 없었다.

VERMIDE 100 6x10cm 포맷 Super-Angulon 18/47mm

다슬기다. 이곳 사람들은 고동 또는 고디라고 한다. 요즘 '올갱이국'
이 서울서도 유행인데 이 말은 충청도 말이다. 봉화 읍내에는 은어의
상이 있다. 이곳에서 태어난 은어 새끼들은 바다로 갔다가 다시 낙동

강을 거슬러 이곳까지 돌아온다. 봉화에서는 매년 내성천 은어 축제가 열린다.

내성천에서 은어 플라이 낚시하는 사내를 봤다. 영화 〈흐르는 강물처럼〉의 브래드 피트처럼은 못 찍었다. 아무래도 비연출은 한계가 있나 보다. 전에는 은어가 올라왔지만 지금은 이렇게 내륙까지 올 리 없다. 이미 하구 둑, 댐, 4대강 보(댐)가 있는데 무슨 재주로 이곳까지 오겠는가. 그런데도 은어를 잡는다. 매년 이곳에서 열리는 은어잡기 축제 때 타지에서 공수되어 온 은어들이 도망을 가 한 해 동안 주변에서 살아간다. 수명이 일 년이니 내년에는 또 다른 놈들이 이곳에서 플라이 낚시꾼들을 기다릴 것이다. 내성천의 은어 플라이 낚시는 그래서 슬펐다. 오전 약수탕에서 봉화읍까지 도보 답사는 10시간 30분이나 걸렸다. 그것을 또 계절별로 해야 한다. 하지만 내성천의 풍광은 이제 두 해 남짓 남았다. 영주댐이 완성되어 거대한 호수가 만들어질 것이다. 상류의 봉화도 하류의 예천도 옛모습이 아닐 것이다. 그저 바라만 볼 수 없어 내성천을 살리기 위한 순례객들이 전국에서 모여들고 있다.

흐르는

강물처럼

         —

지율 스님과 4대강 문제로 만나 사진전도 하고, 답사도 다닌 지 2년이 넘어간다. 낙동강 상류를 살려 보

VERMIDE 100 6x10cm 필름 Super-Angulon 8/47mm

내성천이 특별한 것은 세계적으로 보기 드문 모래강의 원형을 고스란히 간직하고 있기 때문이다. 내성
천에는 화강암이 풍화되어 만들어진 고운 모래톱이 끝없이 이어진다. 산자락을 휘돌아 굽이굽이 흘러
가는 내성천은 모래가 어떻게 물을 맑게 하는지 우리 눈앞에서 보여 준다. 홍수 때가 아니면 어디든지
강물 속을 걸을 수 있는 평은에서 송리원까지 내성천 모래강의 비경이 영주댐 건설로 모두 사라진다.
아름다운 강변에 연꽃처럼 떠 있는 400년 역사의 금강마을도 수몰된다.

겠다고 상주로 내려가 살던 스님은 4대강 개발 전후를 찍은 강 사진 〈비
포 앤 애프터〉로 많은 이들에게 깊은 울림을 줬다. 나 역시 사진을 업

최후의 언어

내성천 상류지역인 금강마을에서 본 내성천의 지류 모습이다. 대낮에는 은모래, 오후 늦게는 금모래로 변한다. 이것이 유속을 방해하니 모두 퍼내 버려야 마땅하다는 개발론자에게 모래는 뭘까? 모래는 물을 정화하고 생태를 조절하는 일을 하는 것이지, 건축자재로 사용하라 자연이 만든 것이 아니다.

VERWIDE 100 6X10cm 보정렌즈 Super-Angulon 8f/47mm

으로 하지만 그렇게 시간과의 싸움을 하는 사진에는 도리가 없다. 그래서 기꺼이 스님의 활동을 돕는 보살의 역할을 자처하게 됐다. 그리고 얼마 전 지율 스님은 낙동강 상류의 더욱 깊은 곳인 내성천변으로 자리를 옮겼다. 회룡포 근처 예천에 집을 얻어 내성천을 기록하고 보호하는 거점을 만든 것이다. 그래서 4대강 르포집 『흐르는 강물처럼』을 함께 쓴 시인 송기역과 함께 내성천으로 갔다.

내성천은 낙동강 제1지류로 경북 봉화 오전약수가 발원지다. 이곳부터 약 106킬로미터를 흐르며 봉화, 영주, 예천을 지나 삼강에서 낙동강과 합류한다. 널리 알려진 회룡포가 이곳 내성천에 있다. 내성천 상류지역인 금강마을에서 본 내성천의 지류는 대낮에는 은모래, 오후 늦게는 금모래로 변한다. 이것이 유속을 방해하니 모두 퍼내 버려야 마땅하다는 개발론자에게 모래는 뭘까? 이 내성천에 영주댐이 공사 중이다. 내성천을 막아 평은, 이산 지역이 모두 수몰된다. 목적은 홍수예방과 수자원 확보라는데, 홍수는 지난 백 년간 크게 난 일 없고 4대강도 모자라 지천까지 막아 확보한 수자원은 뭐에 쓰려는가? 그 대가로 수많은 수몰리 이재민 양산, 우회도로와 철로 건설로 인한 자연 파괴, 운포구곡의 절경 파괴, 문화재 파괴 등등. 누가 좀 영주댐의 목적을 친절하게 알려 주길 바란다. 단 삽질이면 만능이라는 개발론자는 사양이다.

내성천 중류 우래교에서 내성천을 바라보면 하중도와 수변의 자연습지가 아름답다. 부근의 백사장은 광활하고 하류는 넓고 완만하고 유장해진다. 물길은 다양한 식생을 만든다. 모래와 둔치, 주변 습지가 어우러져 생태의 보고를 만드는 것이다. 개포면 일대에 펼쳐진 모래밭은 장관이다. 모래는 물을 정화하고 생태를 조절하는 일을 하는 것이지, 건축자재로 사용하라 자연이 만든 것이 아니다. 뚝방 너머 마을이 있고, 밭과 논이 있다. 자주 침수되는 곳도 있다. 이곳은 사유지로 내셔 널 트러스트 운동의 거점이 될 수 있다. 상습 침수지역을 사들여 습지로 보호하고 강의 개발을 막아 낼 수 있다. 현재 내성천 1평 사기 내셔 널 트러스트 운동이 전개되고 있다.

내성천의 끝자락은 삼강인 내성천, 안동천, 금천이 만나 낙동강을 이룬다. 삼강 합류지점에서 얼마 떨어지지 않은 상주보는 이제 완공됐다. 독자들 눈에는 이 거대한 건축물이 보로 보이는가? 나는 댐으로 보인다. 주변에는 거대한 모래 산들이 있다. 이를 명박토성이라 할 것이다. 천년 후 역사학자들이 이 토성을 발굴하고는 21세기 포악한 임금이 있어 전 국토에 이런 토성을 쌓고 백성을 가렴주구했노라 기록할 것이다. 강이 강으로 대접받지 못하고 인간의 하위 개념으로 받아들여질 때, 인간 외에 모든 것이 그에 복무하는 도구로 여겨질 때, 인간은 대가를 치를 수밖에 없다. 본류에 이어 지천까지 파헤쳐 거대한 토성으로 국토를 덮는 암울한 미래를 어찌 참을 수 있을까?

사라지는 것에 대한

아쉬움

오늘은 40킬로미터쯤 돌아다녔다. 자전거를 타고 내성천을 도는 지율 스님의 뒷모습을 좇았다. 몸으로 페달을 밟아 가며 내성천을 돌아보는 사이 우리가 자연을 구하는 것이 아니라 스스로의 영혼을 구원하는 길이라 생각해 본다. 영주시 평은면에는 지금 영주댐 공사가 한창 진행 중이다. 내성천 물줄기 한가운데에 높이 55미터의 대형댐이 들어서는 것이다. 2014년 완공 예정인 영주댐에 물을 채우면 댐 상류 내성천 주요 구간이 모두 수몰된다. 어쩌면 이렇게 내성천을 보는 것도 마지막일 수 있다.

이번 사진들은 코닥의 100VS로 찍었다. 오래전 코닥크롬에서 출발해 엑타크롬으로 진화했던 포지티브 필름의 대명사였다. 하지만 법정관리에 들어간 코닥의 현실이 필름 생산 중단으로 이어졌다. 나는 사진을 시작하던 때부터 이 필름들을 사용해 왔다. 관용도가 워낙 좁은 필름이라 조금의 노출 실수도 허용되지 않는 점이 오히려 내 사진 실력을 키워 줬다. 대충 찍는 사진은 없었다. 게다가 가격도 비쌌으니 말이다. 이렇게 20년을 함께해 온 필름이 시장에서 사라졌을 때 그 충격은 컸다. 디지털 시대에 뭐가 불편하겠냐만, 내 사무실에 쌓여 있는 수십만 컷 필름들은 또 어찌할 것인가? 이리저리 수소문을 해 135번은 못 찾았지만 중형 120번 필름은 어렵게 구할 수 있었다. 아마도 한 프로젝트 정도를 수행할 수 있을 것이다. 나는 이제 이 필름들을 어찌 보관할까 고민한다. 대안은 좋은 스캐너를 구하는 것인데, 그 또한 마땅찮다. 필름의 나날이 고민의 나날이다.

그 사막에는
'바그다드 까페'가 없다

전라북도 부안군 계화도 앞바다. 그런데 바다가 멀다. 썰물 때처럼 먼 바다는 갯벌을 사이에 두고 멀찍이 물러서 있다. 물이 빠져나간 갯벌은 예전의 그 갯벌이 아니다. 사막이다. 염생식물은 낙타풀마냥 제멋대로 이곳저곳에서 자라고 소금 섞인 모래먼지가 가끔 돌풍을 일으킨다. 고비사막과 타클라마칸 사막을 돌아본 경험으로 보건대 이곳은 사막이 맞다. 하지만 내 발바닥 밑에는 수많은 조개껍질과 바싹 마른 물고기뼈들이 뒹굴고 있다. 사막은 맞는데 기묘한 사막이다. 어릴 때 본 영화 〈바그다드 까페〉가 생각난다. 마술과 초현실이 만나는 사막. 바그다드 하면 이라크의 수도를 연

물고기 화석 같다. 하지만 이곳이 뭍으로 변한 지는 그리 오래된 일이 아니다. 전북 부안 계화도 새만금 현장이다.

상하지만 이 영화는 미국 캘리포니아 사막을 지나가는 66번 도로 옆이 무대였다. 그리고 실제로 캘리포니아에는 바그다드라는 소도시가 있다. 하지만 내가 서 있는 사막에는 까페 대신 폐업한 횟집만 바람에 낡아 가고 있다.

최후의 언어

새만금,

비극적인 개발

　　　　　　　　　　　　　이미 사업이 끝나 버리고 개발만을
앞둔 그곳을 가 본다는 것이 영 내키질 않았다. 부안군 해창포구는 물
한 방울 없는 항구로 남았다. 그 앞에 새만금 방조제를 반대하던 운동
가들이 세워 둔 장승들만이 소금기 섞인 바람을 맞고 있다. 드문드문
있던 선창가 횟집들도 사라졌다. 그저 황망한 이 거대한 사막 앞에서
바그다드 까페를 찾기란 난망한 일이다.

　1991년 기획되어 2006년 물막이 공사가 완료된 새만금 프로젝트.
군산에서 김제를 지나 부안까지 이어지는 33킬로미터 방조제는 세계
에서 가장 길다고 한다. 401평방킬로미터의 면적이 생성되고 3/4이
육지화된다. 이 면적은 세종시의 7배에 달한다. 한때 물막이 공사를
막기 위해 전국적인 반대 운동이 벌어진 것에 비하면 지금은 너무 조
용하다. 4대강 건설로 전국이 어수선한 것도 결국은 세월이 지나면 새
만금처럼 될까?

　새만금은 만경평야와 김제평야를 합친 조어다. 오래전부터 갯벌이
발달한 이곳은 상설 매립지역으로 유명했다. 김제의 광활면이나 계화
도가 그랬다. 간척될 때마다 이 지역의 갯벌은 줄어들어 어업인구도 함
께 줄었다. 농지보다 5배의 이윤을 준다는 갯벌은 매립되면 이내 상업
용지로 전환되었다. 현재 새만금의 대부분 용지는 산업 상용용지로 용

바다가 육지로 변해 차가 다닌다. 땅에 염분이 빠지면 농지로 쓰겠다던 약속은 사실 거짓이다. 요즘 이 곳은 새 도시에 대한 꿈으로 부풀어 있다.

도 전환됐다. 애초 농업 용지와 식량자원 확보 계획은 매립을 위한 거 짓말에 불과했다. 중앙과 전북 지역의 정치인, 관료, 건설업자라는 삼각 동맹이 벌인 이 거대한 공사 놀음은 세금과 개발이익이 누구에게 전유

최후의 언어

동진강과 만경강은 계속 흘러들어 온다. 바닷물은 계속 회석되어 간다. 저것은 백사장이 아니다. 맛조개와 백합의 무덤이다.

되는지를 보여 준다. 이 합법적으로 보이는 사기에 직접 호주머니를 털린 것은 부안, 김제, 군산의 어민이었고 죽어 버린 것은 갯벌과 자연이고 당한지도 모르는 것은 국민이다. 총 사업비 22조 원가량은 이렇

게 사라졌고 앞으로도 엄청난 세금이 수질 개선이라는 추가 비용으로
지불되어야 한다.

풍경을 위해 선택한

펜탁스67II

        김제와 부안 지역의 새만금 지역을
돌아다니며 이번에 챙겨 간 필름카메라는 중형 펜탁스67II다. 그동안
여러 중형 카메라를 사용해 보았지만 그중에 베리와이드100이나 롤라
이플렉스는 가볍고 작아 많이 걷는 나로서는 고마운 중형 카메라들이
다. 하지만 이 카메라들은 렌즈가 고정이어서 다양한 피사체를 찍기 힘
들다. 핫셀블라드처럼 렌즈 교환형도 있지만 매우 고가라는 점 외에도
정방형 포맷이 어려워 사용을 못 했다. 대신 일본 쪽 카메라로 눈을 돌
리면 저렴하면서도 다양한 렌즈를 구사할 수 있는 브랜드들이 있다. 펜
탁스와 마미야, 후지가 그것이다. 이 중에서도 필름의 판형이 크고 조작
이 쉽다는 점 덕분에 세계적인 베스트셀러가 된 것은 펜탁스67이다.
이름에서도 알 수 있듯 이 카메라는 $6 \times 7cm$의 필름 판형을 갖고 있
다. 또한 SLR 방식이라 조금 커진 35mm 소형 카메라처럼 사용할 수
있어 조작 또한 쉽다.

    펜탁스는 1919년 일본에서 처음 설립된 카메라 제조업체다. 벌써
100년이 다 되어 간다. 지금은 카메라 제조업체 중에서 중하위 업체가

되어 버렸지만 1952년 일본 최초의 SLR을 발표했고, 1954년에는 자동으로 미러가 복원되는 시스템을 개발했다. 현대적인 의미의 카메라 발전에 가장 혁혁한 공헌을 한 회사인 셈이다. 이들이 회사 창립 50주년이었던 1969년 야심차게 발표한 것이 바로 펜탁스67이다. 매우 견고하고 고장이 거의 없으며 저렴한 교환렌즈를 제공하는 이 카메라는 1999년 펜탁스67II가 나오기 전까지 20년 동안 디자인 변경 없이 롱 베스트셀러가 된다.

그렇다면 이 카메라는 누가 사용했을까? 일단 고화질을 원하는 상업작가들이 떠오른다. 패션이나 인물사진에서 조작하기 쉬운 이 카메라는 환호를 받았다. 사용한 흔적이 많은 펜탁스67 중고품은 거의 사진 스튜디오에서 흘러나왔다고 봐도 과언이 아니다. 오래전 구본창 작가도 영화 포스터 관련한 작업을 할 때 이 카메라를 즐겨 사용했다. 이 카메라는 야외에서도 빛을 발했다. 카메라 보디와 렌즈 두 개쯤을 작은 배낭에 챙겨 산에 가는 사진가들이 있었다. 일본에서 발행되는 『아사히 카메라』, 『니혼 카메라』 등의 잡지를 보면 산악 사진은 대개 이 카메라로 촬영된 것들이었다. 아프리카의 동물사진으로 유명한 영국의 사진가 닉 브란트 역시 이 카메라를 사용한다. 그의 아프리카 동물 사진은 『내셔널 지오그래픽』류의 생태사진이 아니라 동물의 포트레이트라고 할 만큼 표준렌즈를 사용한 근접성이 돋보이는 사진들이다. 그는 펜탁스67로 촬영된 필름을 스캐너를 이용해 이미지화하고 있다.

염생식물로 뒤덮인 포구. 그나마 이렇게라도 방치하면 빨리 육지화가 진행된다고 한다. 소금 사막 숲이다.

내가 이 카메라를 탐하게 된 이유는 뭘까? 일단 카메라 물신숭배에 빠진 것이 첫 번째일 것이다. 카메라 상점의 선반에 올려진 단돈 20만 원짜리 펜탁스67 중고를 보는 순간 한번 찍고 싶었다. 마침 표준렌즈까지 달려 있으니 더 이상의 투자도 필요 없었다. 처음에는 꽤 무겁고

동진강을 사이에 두고 이쪽은 부안이고 건너편은 군산이다. 이 죽음 같은 땅에서 개발은 군산이 먼저 시작했다.

PENTAX67II KODAK E100VS .

손이 작은 내게 크게 느껴졌지만 일단 조작감이 좋았다. 그런데 나를 헉하게 만든 것은 화질이었다. 색감과 콘트라스트 샤프니스에서 발군이고 더더욱 그 넓은 필름 면적은 루페가 필요없다. 그래서 결국 이 도구를 가지고 최근에 작업하고 있는 우리 땅에 대한 이야기를 해 보자

우리 땅에도 사막이 있을까 생각이 든다면 이곳을 가 보시라. 단지 십수 년만 존재할 곳이다. 그 후에
는 신기루처럼 빌딩들이 들어설 것이다.

했다. 제법 깨끗한 펜탁스67II를 구했고 광각과 망원 두 개의 렌즈를 추가로 구입했다. 다행히 렌즈는 저렴하다. 일안반사식이라 숙명적으로 미러 쇼크가 있어 진동을 잡기 위해 평소에 사용하지 않던 트라이포드도 장만했다. 딱 배낭 하나다. 오랜만에 트라이포드를 세우고 한자리에서 한참을 머무르는 사진을 찍게 되니 괜히 사진가처럼 느껴진다. 그것이 뭔 말이냐 하면 아주 고전적인 느낌의 안셀 아담스 같은 풍경 사진가 말이다.

자연을 죽여 얻은

인간의 땅 —

　　　　　　트라이포드에 카메라를 달고 여기저기 돌아다니며 풍경 사진가 폼을 잡던 것도 시간이 지나면서 차츰 지쳐 간다. 이 사막에서 보이지 않는 풍경 너머를 찍는 것은 카메라의 영역이 아니다. 멀리 새만금으로 유입되는 두 개 강이 있다. 부안에서는 동진강이, 김제에서는 만경강이 흐른다. 방조제에 막힌 이 강은 농업용수로 4급을 유지해야 한다. 방조제 근처 해수가 막힌 바다는 새로 건설될 도시에 공급할 3급수를 유지해야 한다. 상류보다 하류가 더 깨끗해야 하는 모순을 해결할 비용이 수조 원이라고 한다. 그사이에 갯벌은 육지화되어 백합과 맛조개 등은 사라졌다. 해수의 담수화로 어종도 사라졌다. 거대한 자연의 죽음으로 얻은 불모의 사막에 친환경 신도시를 세우겠다는 인간의 오만이 새만금의 현실이다. 그래서 우리가 더 잊지 말아야 할 새만금이다. 4대강 댐이 완성되고 5년만 지난다면 또 새만금처럼 망각할까 두렵다. 그 망각 속에서 정·관·토건족의 삼각동맹은 또 다른 삽질 프로젝트를 기획하고 있을 것이다. 나는 망각하지 않기 위해 중형 필름을 사용한 걸까?

332.7킬로미터

진도 팽목항에서 안산 단원고까지

세월호 참사는 2014년 4월 16일 8시 48분경 대한민국 전라남도 진도군 조도면 부근 서해 상에서 발생한 여객선 침몰 사고다. 세월호에는 안산시 단원고등학교 2학년 학생 325명과 선원 30명 등 총 476명이 탑승하였다고 알려졌다. 이 글을 쓰는 5월 9일 현재 사망 273명, 구조 172명, 실종 31명이다. 최초 실종자는 3백 명이 넘었고 이들에 대한 구조는 실상 0명이었다. 그런데 '실종'이란 그 흔적을 찾을 수 없는 것이지만 우리 모두 그들이 차디찬 진도 앞바다 선실 안에 있다는 것을 안다.

최후의 언어

어쩔 수 없는 웨스트레벨,

핫셀블라드 500CM

      현장에 내려간들 내게 취재 어사인
먼트를 줄 언론사는 없다. 전국의 언론사가 모두 기자를 파견했으니 말
이다. 그래도 갔다. 포토저널리스트였다는 말이 무색할 정도로 기고하
는 사진도 별로 없는 요즘이지만 그래도 현장을 보고 기록해야만 할 것
같은 무거운 책임감이 밤차에 몸을 싣게 했다. 진도대교를 지나 39킬
로미터를 달리는 해변이 나타나고 멀리 팽나무 숲이 인상적인 팽목항
에 도착했다. 항구로 들어가는 도로는 차단됐다. 1킬로미터 정도 걷는
동안 도로 양쪽으로 무수한 앰뷸런스 차량과 관변단체, 봉사단체의 천
막들. 팽목항 터미널에는 상황대책본부가 차려지고 기자들이 진을 치
고 있었다. 그러나 소름 돋을 정도로 무거운 분위기는 20년 취재 경험
상 처음이었다. 여기저기서 들려오는 울음소리와 분노에 찬 고성만이
그 침울한 정적을 불현듯 깨뜨렸다.

  그래서 함부로 카메라를 꺼낼 수가 없었다. 먼저 현장에 와 있던 프
레시안 화백 손문상 선배는 카메라를 내놓고 다니지 말라고 충고했다.
사실 현장에서 송고할 일도 없고 급하게 이미지를 쓸 일도 없어 장비
는 최대한 단출하게 챙겼다. 특히나 지난 경험상 피해자 가족들을 서
서 똑바로 쳐다볼 자신이 없어 필름카메라 중에서 중형이지만 가장 작
고 고개 숙여 봐야 하는 웨스트레벨 파인더를 가진 핫셀블라드의 초창

HASSELBLAD 500CM carl zeiss Makro-Planar CF 120mm F4 T*

서해 너머 해가 질 무렵, 팽목항 앞바다는 물비늘이 돋는다. 눈부신 광선 너머 시신을 실은 행정선이
신기루마냥 어른거린다. 수백의 아이들이 돌아오지 못했고 수천의 가족들이 마음으로 피를 흘린다. 수
천만의 사람들이 국가에 대해 회의한다. 그리고 존재 이유를 묻는다.

진도 체육관에 모인 피해자 가족들. 그들의 고통과 아픔이라는 프라이버시는 그 어떤 가림막도 없이 그대로 노출된다. 사진 기자들은 초망원렌즈를 갖고 그들의 비참한 얼굴을 클로즈업한다.

HASSELBLAD 500CM carl zeiss Makro-Planar CF 120mm F4 T*

기 모델인 500CM과 흑백 필름을 챙겨 왔다. 하지만 이도 쉽진 않다. 카메라를 들이대는 행위 자체가 힘들다. 조용히 한 컷 한 컷 찍어 보지만 오늘처럼 셔터음이 크게 들린 적이 없었던 것 같다. 제작자가 원망스럽기까지 하다. 그래서 카메라는 놓고 그들의 이야기를 듣는다.

현장에서 듣는 가장 인상적인 단어는 국가다. 삼풍백화점 붕괴나 성

수대교 붕괴처럼 내 평생 여러 재해를 현장에서 봤지만 이번만큼 비참한 일도 없다. 사망자와 실종자 수도 놀랍지만 우리를 더욱 놀라게 한 것은 국가의 실종이었다. 국가와 국민을 동일체라 생각해 온 이에게는 이상하게 들릴지 몰라도 국가는 지배 권력 조직이다. 땅이 있고 인간이 있고 나중에 국가라는 조직이 출현한 것이다. 이 조직은 지배 권력을 위해 유지되며 때론 폭력적으로 때론 유화적으로 국민을 관리하고 통제한다. 하지만 국가가 요구하는 의무를 다했음에도 생명과 재산을 위협받는 상황이 개인에게 몰아닥쳤을 때 우리는 무엇을 떠올릴까? 그것을 신속하게 해결해 주기는커녕 무능과 은폐, 기만과 공작이 대신 돌아온다면 어떻게 행동해야 할까?

『인생 따위 엿이나 먹어라』의 일본 노작가 마루야마 겐지는 거칠고 쉰 목소리로 이야기한다.

"국가란 누구의 것인가. 독재국가는 물론, 이상적인 민주주의 국가 역시 불특정 다수가 아니라 특정 소수의 것이다. 더는 민주적일 수 없을 만큼 민주적인 국가라 하더라도 실제로 그 나라는 특정 소수의 사유물이거나 거의 사유화된 동산이며 부동산이다."

그는 2011년 동일본 대지진과 지진해일로 인한 원전 사고의 주범인 전력회사의 보스 등이 그야말로 대표적인 특정 소수라고 이야기한다.

그는 이어서 "국가는 틀림없는 그들의 소유물이다. 국가를 소유한 자들은 당연히 특권적인 혜택을 계속 누리기 위해 온갖 대의명분을 쥐어짜 낸다. 대표적인 것이 민족주의를 내세운 사상이다. 국가의 실체는 싹 가리고, 사실은 국민 취급을 못 받는 국민을 향해 국민이 국가를 사랑하는 것은 아주 자연스러운 감정이며 당연한 의무"라고 말한다. 지금 한국에서 일어나고 있는 세월호 참사와 관련한 이야기들과 너무 겹친다. 혹시나 정권에 누가 될까 봐 전전긍긍하는 정치권과 무엇을 어떻게 해야 하는지 모르는 관료들, 이 틈에 국가에 대한 충성심을 내보이려는 우익들까지 사태의 진실을 가리고 호도하려 한다.

재난을 보도하는 언론은
무엇인가?

하지만 개인은 국가에 저항하기 힘들다. 압도적인 힘 앞에서 무력하다. 그래서 비국가 민간 조직인 언론에 호소한다. 언론은 여론을 만들고 그것으로 국가를 압박하고 변화를 만든다. 하지만 그것이 현실일까? 아니다. 팽목항 현장에 수백 명의 기자들이 있지만 그들을 바라보는 피해자 가족들의 시선은 불신을 넘어 혐오와 적대에 더 가깝다. 기레기(기자 쓰레기)라는 말은 여기서 출발한다. 팽목항 터미널 건물 옥상을 점령하고 온갖 카메라와 송출장치를 설치하고 있는 모습은 사실상 컨트롤타워를 보는 듯하다. 대놓고 정부를

HASSELBLAD 500CM carl zeiss Makro-Planar CF 120mm F4 T*

진도 팽목항 터미널 건물 옥상은 시각 정보가 차지했다. 신문사와 방송사의 사진 동영상 취재기자를 위해 강력한 기지국이 건설되었다. 이것이 권력이 아니라면 무엇일까.

대변하겠다고 자처하거나 정부와 피해자 유가족 사이에서 조정자를 자임한다. 펜과 카메라는 종횡무진 고통을 후벼 파는 칼날이 된다. 계속되는 오보와 왜곡은 사실을 은폐하고 진실에서 멀어지게 한다.

발터 베냐민은 『기계복제 시대의 예술작품』에서 "파시즘은 대중이

HASSELBLAD 500CM Carl zeiss Makro-Planar CF 120mm F4.1"

땡볕에서 하루 종일 피켓을 들고 서 있었다. 어버이날. 아마도 그 아비 어미 된 도리를 하고 싶었는지도 모르겠다. 이들을 팔아 자리 보전하고, 승진하고, 시청료 올리고 차후 뒷자리까지 기대하는 부패한 KBS 본사로 달려갔고 사장의 사과를 요구했다.

무너뜨리려 하는 소유구조는 그대로 둔 채 새롭게 형성된 프롤레타리아 대중을 조직화하려 한다. 파시즘은 대중에게 권리를 부여하는 대신 대중이 자신을 표현할 기회를 부여하는 데서 구원을 찾으려 한다"고 했다. 마루마야 겐지 역시 화답하듯 "국가는 아예 당신이 어른이 되는 것을 원치 않는다. 국가는 교육·미디어·대중문화·저명인사를 동원해 국가의 정체를 알아채지 못할 정도의 어리석음과 노동의 정신에 반하지 않을 만큼의 현명함을 가진 어중간한 국민을 만든다"고 했다.

지금 팽목항 현장에서 벌어지고 있는 사진기자의 피해자 가족 취재는 특히 초상권이 문제가 되고 있다. 초상권은 인격권의 측면에서 볼 수 있다. 이미 기자협회와 사진기자회는 재난보도 가이드라인과 윤리를 재정한 바 있다. 기자협회는 "영상취재는 구조활동을 방해하지 않도록 해야 하며, 공포감이나 불쾌감을 유발하지 않도록 근접 취재 장면의 보도는 가급적 삼간다"라고 했으며 사진기자협회는 윤리규정을 통해 "우리는 공적인 이익을 위한 사안을 제외하고 개인의 명예와 사생활을 침해할 우려가 있는 사진취재를 하지 않는다"고 했다. 하지만 사진기자들은 경쟁하듯 문제 있는 사진을 찍어 전송하고 이는 무분별하게 지면화되고 있다. 이들 대다수 기자의 심리에는 공리주의가 도사리고 있다. 그들은 자신의 사진 정보가 다수에게 이익이 된다고 생각하고, 경우에 따라 사진에 담긴 정보가 참혹하고 비참할수록 그 가치 또한 높아진다고 생각한다. 하지만 피해자 가족들은 윤리적 절대주의의 입장

고등학생 325명이 사라진 안산 단원고등학교 앞이다. 내가 정문 앞에 섰을 때는 아이들이 모두 수업 중이거나 등교하지 않았을 것이다. 그 둘 중 어디도 진도 앞바다의 아이들은 없다. 그 아이들을 위해 과자와 음료수가 마트 하나 차릴 정도로 쌓였다. 지나가던 꼬마가 그런다. "아빠. 너무 맛있는 것이 많아. 나 먹어도 돼?" 아빠는 그런다. "안 돼. 그건 언니 오빠가 먹을 거야." 눈물이 돈다. 못다 한 청춘 앞에서 사진 찍는 파인더가 결국 눈물에 젖는다.

에 선다. 특히 '나'의 비참한 얼굴이 사회 이익과 상관없을 뿐만 아니라 오히려 '나'에게 깊은 상처만 남기는 것이라면? 당연히 프라이버시는 침해할 수 없는 영역이며 사진촬영 또한 '나'의 승낙하에서만 가능하다. 하지만 지금 팽목항에 있는 피해자 가족들은 자신들의 사정을 열심히 이야기하고 사진 찍혀 봐야 제대로 언론화되지 않고 도리어 정부 방침을 홍보하는 전도된 증거로서 보도되고 있다고 생각한다. 심지어 선동하는 불순 외부세력 또는 '종북'으로까지 몰리는 상황이다. 파리 코뮌 당시 바리케이드 앞에서 사진가들에게 찍힌 기념사진이 경찰에 넘어가 모두 학살된 역사가 오늘날에도 여전히 투영된다. 그렇다면 타협점은 있을까? 베트남전의 즉결처분 사진으로 전쟁의 방향을 틀어 버린 에디 애덤스는 전투 현장에서 공포에 얼굴이 일그러진 18세 해군병사의 사진을 찍으려다가 포기하고 만다. 그의 답은 이것이다. "남이 내게 해 주기를 기대한 만큼 나도 남을 대하라." 하지만 이러한 근대적 인간관계의 윤리는 오늘의 그 무엇도 아닌 제도 그 자체가 되어 버린다.

증거로서의 사진은
어디에 있는가?   —

　　　　　　　　　예술사학자인 존 탁은 그의 에세이 「증거, 진실 그리고 위계」에서 "사진은 그 자체로 아무런 정체성이 없다. 일관된 역사도 없다. 사진은 제도라는 공간의 장을 가로질러 명멸하는 빛의 깜박임일 뿐이다"라고 했다. 사진기자들이 팽목항 여기저기를 돌아다니며 거대한 재난의 본질적인 문제를 증거하고 그 진실을 사진에 담았다고 한들 그가 속한 신문이나 방송이라는 제도, 국가라는 제도 안에서 규정될 뿐이다. 결국 사진과 동영상을 취재하는 기백 명의 인력들이 만들어 내는 시각정보는 중립적이지 않다. 기록수단으로서의 사진은 이곳 팽목항에서도 공식적으로 권위를 부여받은 모습으로 나타난다. 그리고 우리는 그것으로 현장의 모든 것을 보았다고 인정해 버린다. 하지만 공식적으로 증거되지 않은 현장의 모습과 사진은 지천으로 널려 있다. 국가로부터 권위를 부여받은 장이 아닌 나와 같은 낮은 위계의 장에서 찍힌 사진을 통해 사건을 바라본다. 존 탁의 이야기처럼 "사진은 역사의 증거가 아닌 역사 그 자체"다.

—

존 버거와
비정규 노동자들의 초상

　　　　　　　　한 장의 인물사진이 눈길을 잡는
다. 폴 스트랜드가 1953년 이탈리아 루차라에서 찍은 양복점 견습생
의 사진이다. 은염사진이며 원판은 6×5inch 대형 필름이다. 단발에
정갈하게 빗은 머리, 허름하지만 청결한 드레스, 밀짚모자를 든 가려
진 손과 정면을 응시하는 도도한 눈빛. 뭐랄까? 지금까지 살아온 이
소녀의 내력이 사진 속에 담겨 있다고 할까? 사진은 어차피 사물의 표
면만을 찍어 낼 뿐인데도 이 사진에는 그 이상의 깊이가 있다. 존 버거
는 그의 책『본다는 것의 의미』에서 다음과 같이 이야기한다.

"그러한 사진들은 독특한 주제들을 정말 깊이 있게 다루고 있기 때문에, 그 것들이 피처럼 그 독특한 주제 속을 지나 흐르고 있는 문화, 혹은 역사의 흐름 을 우리에게 드러내 보여 줄 수 있을 정도인 것이다. 이러한 사진들이 보여 주 고 있는 장면들은, 일단 보고 나면 우리가 목격하거나 또는 체험하는, 실제로 일어난 어떤 사건이 그러한 장면들 중 하나를 마치 보다 견고한 실재에 대한 것처럼 나타내 주게 될 때까지, 우리의 정신 속에 계속 남아 있게 된다."

폴 스트랜드의

전기적 인물 기록   —

        폴 스트랜드는 루이스 하인으로부 터 사진을 배웠고 이후 알프레드 스티글리츠로부터 사진을 심화하면 서 '사진분리파운동'의 대표적인 사진가로만 알려져 왔다. 하지만 그 속을 조금 더 깊이 들여다보면 매카시에 의한 공산주의자 색출 소동으 로 깊은 상처를 입고 다시는 미국으로 돌아가지 못한 이력을 만나게 된다. 그는 미국 사회주의동맹의 사진가였고, 그러한 성향의 사진가들 이 모여 '포토리그'라는 집단을 만들었다. 그는 러시아 예이젠슈시테 에게 영화를 사사받기를 원했던 영화인이기도 했다. 그래서 그의 사진 한 장만 떼어 놓고 이야기할 수 없다. 그의 사진은 맥락을 갖고 있으며 그 이면에서 비로소 평생 간직한 그의 사상을 읽어 낼 수 있다.

"I am은 나를 그렇게 만들어 온 모든 것을 포함한다. 그것은 직접적인 사실에 대한 진술 이상의 것으로서, 그것은 이미 하나의 설명이자 합리화이며 요구이고, 그것은 이미 자전적인 것이 된다. 스트랜드의 사진 작품들은 그의 모델들에게 자신들의 전기를 보기 위해서는 스트랜드를 믿으라고 제안한다. 그리고 비록 인물사진들이 격식을 차린 것이고, 사진을 찍기 위해 자세를 취하고 있는 것이라 할지라도, 사진작가나 사진 그 어느 편에서도 차용된 역할로 위장할 필요가 없는 것은 바로 이러한 이유에서이다."

존 버거의 이야기가 폴 스트랜드의 사상을 꿰뚫고 있다고 할 수는 없지만 꽤 그럴듯한 해석이다. 과연 인물사진은 모델의 것인가? 아니면 사진가의 것인가?

나는 오래전부터 포토저널리즘에 종사했기에 인물사진 역시 많이 찍은 편이다. 인터뷰 사진을 찍어야 했고 거리에서는 '주장이 담긴 표정'을 찍어야 했다. 그러기 위해 나는 소형 카메라를 사용해야 했고 연출되지 않은 순간을 포착해야 했다. 존 버거 역시 이러한 인물사진의 촬영 방식을 간파했다.

"사진작가로서 그가 사용하고 있는 방법은 좀 더 보기 드문 것이다. 우리는 그것이 앙리 카르티에 브레송이 사용하고 있는 방법과는 정반대의 것이라고 말할 수 있을 것이다. 카르티에 브레송이 사진 속에서 포착해 낸 순간이라는 것은 1초의 몇 분의 1에 해당하는 찰나적인 것이며, 그는 그 찰나가 마치 야생동물이라도 되는 듯이 그것에 살금살금 몰래 접근하는 것이다. 스트랜드 에게 사진 속의 순간이라는 것은 전기적이고 역사적인 것으로서, 그것이 지 속되는 시간은 몇 초가 아닌 일생 동안이라는 시간과 연관시켜 측정하는 것 이 이상적일 정도이다. 스트랜드는 찰나를 추구하는 것이 아니라, 마치 우리 가 누군가에게 이야기를 털어놓도록 격려하는 것처럼 어떤 순간이 생겨나도 록 격려한다."

사진의 역사를 돌이켜 보건대 19세기까지 찍힌 사진의 대부분은 인 물사진이었다. 인물사진 중에서도 초상 사진이 압도적이었다. 이는 보 는 이로 하여금 추억과 회상을 불러일으키고 타인에 대한 호기심 어린 관찰을 유도했다. 인화술이 발전하지 못했던 당시 기술로 찍힌 원판과 동일한 사이즈의 프린트가 제작됐다. 당연히 카메라도 컸다. 하지만 20세기 들어 카메라는 소형화됐고 인물사진을 찍는 기법도 변화했다. 대상을 세워 놓고 드라마틱한 포즈와 표정을 강요하는 시대는 가고 인 물의 있는 그대로의 순간적 표정을 담으려 노력했다. 그 같은 노력은 다이앤 아버스 시대까지 지속됐지만 요즘은 좀 다르다. 다시 인물사진 은 초상사진에 가까워지고 촬영하는 카메라도 커졌다. 사진의 속성은 분명 기록인데 유통되는 것은 순수사진으로 분류된다.

순전히 관습적 행동임을 알지만 나 역시 인물사진을 찍을 때는 큰 카메라가 필요함을 느낀다. 소형 카메라에 비해 훨씬 좋은 화질과 대상과 필연적으로 정면성을 가질 수밖에 없는 느린 카메라를 말이다. 하지만 평소 인물만을 대상으로 연작사진을 만들어 볼 기회가 없던 차에 스스로에게 어사인먼트를 줬다. 작년 우리 사회의 가장 큰 화두였던 '비정규직 노동자'를 찍는 것이다. 전국 곳곳의 장기파업 현장을 돌아다니며 그들의 모습을 찍는 것도 의미 있지만 전체 노동자의 50퍼센트를 넘겨 버린 그들, 비정규직은 도대체 어떤 직종의 어떤 성별의 어떤 나이의 사람들인지 구체적인 상이 떠오르지 않을 정도로 추상화되어 버렸기 때문이다. 그래서 구체적인 상을 떠올릴 수 있는 기록사진 아카이브를 만들어 보는 것은 어떨까 했다. 마침 인연이 있는 '한국비정규직노동자센터'와 함께 1년간 전국을 돌며 그들을 만나 구술을 채록하며 사진을 찍어 보기로 했다.

촬영 현장은 매번 변화하는 것을 고려해 중형급 카메라가 어울릴 듯했다. 상업 사진가들처럼 매우 높은 광량의 조명은 사용할 수 없는 한계가 있어 현장에서 촬영된 이미지를 확인할 수 있으면 더 좋았다. 전처럼 폴라로이드를 사용하는 것은 너무 힘들고 데이터백은 가공할 가격이기에 이것저것 살피다가 눈에 들어온 것이 1998년 출시품인 핫셀블라드 555ELD였다. 사실 핫셀은 누구나 인정하다시피 초고가의 카메라 메이커이고 라이카와 함께 선망의 대상이기도 하다. 하지만 2000년대 디지털카메라의 등장과 함께 빠르게 퇴조하고 말았다. 지금은 덴마크의 이마콘 사와 합병해 디지털카메라에 주력하고 있어 과거 만든 필름카메라는 출시가의 1/5정도밖에는 되지 않는다. 게다가 요즘 사람들이 정방형 포맷을 기피하는 것도 인기 없음을 증명한다. 555ELD는 핫셀 사가 디지털을 만들기 바로 전 마지막 필름카메라이자 디지털 데이터백을 장착할 수 있는 첫 카메라이기도 했다. 555ELD는 모터드라이브를 일체화시킨 500시리즈 전용 카메라다. 초기에는 500EL이 있었고 후에 여러 모델을 거쳐 마지막으로 555ELD를 출시했다. 이 기종은 503CW를 몸체로 하는 고급형으로 대형 미러를 채용하고 있어 초망원렌즈라도 미러에서 문제가 발생하지 않는 특징을 갖고 있다. 내구성 또한 뛰어나 달에 가져갔던 우주인들이 사용한 핫셀 카메라와 거의 같다. 하지만 뭐니 뭐니 해도 이 카메라의 특징은 디지털의 초기 모델이라는 점이다. 이 카메라를 위해 코닥은 DCS PRO BACK을 개발했다. 36×36cm의 CCD를 단 데이터백은 1600만 화소 수를 가졌다. 렌즈의 성능과 여러 가지를 고려하면 요즘 나오는 소형 풀프레임 카메라의 2400만 화소와 화질이 비슷하다. 최근에 나오는 데이터백이 7000만 화소에 육박하는 것에 비하면 초라하기 그지없지만 촬영 전 노출 확인과 테스트 촬영에서 유용하다. 이 카메라와 데이터백은 출시 당시에는

HASSELBLAD 555ELD 80mm f2.5 Planar

박매현, 67세, 노인전문병원 간병인, 비정규직 노동자

사진관용으로 판매되었는데 그래서인지 인물촬영에 최적화되어 있다.

하지만 코닥의 파산과 더불어 이 카메라도 시장에서 잊혀졌다.

HASSELBLAD 555ELD 80mm f2.5 Planar

이정숙, 52세, 가정방문 베이비시터, 비정규직 노동자

비정규직 노동자의 얼굴을

담는다는 것

　　　　　　　　　　　"나는 대학 다니는 애가 둘입니다.

아홉 시엔 자야 한 시에 일을 나갈 수 있어요. 다사리 자원자립센터라

는 곳에서 장애인활동보조 지원인력 일을 합니다. 제가 한 달 내내 일

HASSELBLAD 555ELD 80mm f2.5 Planar

윤희왕, 48세, 장애인활동보조, 비정규직 노동자

을 해도 100만 원이 안 돼요. 그래서 투잡, 쓰리잡은 기본이죠. 항상 피
곤하고 지금도 자고 싶어요. 다사리에서 일하는 180명의 노동자는 대
부분 50대 후반 여성분들이구요. 남성은 열 명도 안 돼요."(윤희왕)

　1차 취재로 내려간 청주의 노동인권센터에서 비정규 노동자들과 집
담회를 가졌다. 이 지역은 대규모 노동 현장이 존재하지 않아 소규모

최남순, 66세, 병원 청소원, 비정규직 노동자

의 다양한 현장과 직종에서 비정규직으로 노동하는 사람들이 있다. 성별로는 여성이 압도적으로 많다. 간병인, 베이비시터, 청소원 등 모두가 40대 이상의 여성들이다.

"나는 환자와 일대일 간병을 해요. 특수고용노동자라고도 불립니다. 우리는 개인사업자로 분류되어 있어서 4대 보험도 안 되고, 퇴직

최후의 언어

이외선, 63세, 간병인, 비정규직 노동자

금도 없어요. 우리는 식사 문제가 제일 힘들어요. 식사가 안 나오거든
요. 환자하고 상주를 하게 되잖아요. 일주일 일한다 그러면 식사를 일
주일치 싸 가지고 와야 해요. 밥은 냉동실에 잔뜩 얼려 놓고 녹여 먹어
요. 얼음밥 안 먹게 해달라고 캠페인도 해 봤지만 시정이 안 되었어요.
병실마다 냉장고가 있어요. 거기에 밥, 반찬 많이 넣었다고 민원도 많이 들어와요. 우리는 탈의실도 없어요. 환자들이 쓰는 화장실에서 씻고, 옷 갈아입고 그래요."(이외선 간병인)

그들의 삶과 노동 이야기를 듣는 매 순간 나는 놀랄 수밖에 없었다. 그들의 노동조건이 얼마나 열악한지, 얼마나 고단한지, 얼마나 비참한지는 상상을 초월했다. 집담회 중간중간 한 명씩 카메라 앞에서 서서 사진을 찍었다. 처음 만난 사람이지만 조금 전 들었던 이야기들이 그들의 모습에 보이지 않는 문자로 새겨졌다. 무표정하게도 찍었다가 강제로 웃기기도 했다. 사진 속 그들은 웃고 있었다. 아니, 웃고 있었던 것일까?

"그의 사진들은 시간의 지속이라는 독특한 느낌을 전해 주는 것들이다. I am이라는 것에는 그 안에서 과거에 대하여 생각해 보고, 미래에 대한 예상을 해 볼 수 있는 시간이 주어져 있으며, 노출 시간은 이 I am이 가지고 있는 시간을 전혀 침범하지 않는다. 오히려 반대로, 우리는 그 노출 시간이 생애 전체라는 기괴한 인상을 받게 되는 것이다." ―존 버거, 『본다는 것의 의미』에서

붙임

사진과 카메라의 작은 역사

사진은 광학과 화학이 만난 19세기 인류의 위대한 발명품 중 하나다. 지금은 화학 대신 전자기학이 그 자리를 대신한 디지털카메라의 시대이지만 여전히 필름과 인화지는 사진을 만드는 중요한 매체이다. 특히 광학을 물화한 카메라는 그 모습이나 기능이 거의 변치 않고 백 년을 이어 오는 매우 정교하고 견고하며 아름다운 기계이다. 예나 지금이나 가장 작으면서도 비싼 기계는 시계와 카메라다. 이런 카메라를 보며 어떤 사진가는 필요 이상 탐닉하며 어떤 사진가는 폄하하고 무시하기도 한다. 수전 손택은 "애써 첨단의 기능이 있는 카메라를 무시하고 과거의 단순한 카메라로 찍었음을 과시"하는 사진가를 발견하기도 한다. 사진가이자 역사학자인 지젤 프로인트는 "소형 카메라를 든 잘로몬이 사진의 역사를 다시 썼다"고도 했으며 안셀 아담스 같은 이들은 대형 카메라만이 피사체의 본질을 담을 수 있다고 믿기도 했다. 어찌 됐든 카메라는 사진을 만드는 데 필수 불가결한 존재다. 그림이나 음악처럼 유연하게 여러 도구를 사용할 수 있는 장르가 아니다. 빛을 응고시키는 데 필요한 거의 유일한 도구이기 때문이다. 따라서 사진가들은 좋든 싫든 카메라에 의지하며 사진의 역사는 카메라의 발전과 연동되어 왔다.

필름과 인화지가 없던 시절에도 카메라는 있었다. '카메라'라는 말 자체는 '어두운 방'이라는 뜻이다. 이 어두운 방에 빛이 스며들면서 외계의 사물이 그림을 그리는 것을 아주 오래전 인류는 알았다. 처음에는 어두운 동굴 자체가 '카메라'였다고 생각된다. 벽에 새겨진 빛 그림은 위아래가 거꾸로 보였는데 실제 동굴 벽화에는 거꾸로 그려진 그림들이 있어 그러한 심증을 가능하게 한다. 역사적으로 BC 4세기 중국의 묵자가 천막 안을 어둡게 한 후 작은 구멍을 내어 그곳을 통해 들어온 빛으로 그림자놀이를 했다는 기록이 있다. 이것이 기록된 최초의 카메라다. 서구에서는 아리스토텔레스가 이 관찰 기록을 남겼으며 AD 10세기경에는 아랍의 학자들 사이에 카메라가 널리 알려졌다. 하지만 우리가 알고 있는 카메라는 카메라옵스큐라다. 15세기 르네상스 시절, 카메라옵

르네상스 시대의 카메라옵스큐라. 말 그대로 어두운 방이다. 빛그림은 귀족들의 유희이기도 했다.

Fig. 434.

18세기 소형화되고 렌즈가 부착된 카메라옵스큐라. 젖빛유리를 통해 좀 더 밝고 선명한 영상을 얻을 수 있었다.

스큐라는 방 자체였지만 곧 나무상자 크기로 줄어들었다. 바늘구멍은 광학렌즈로 대체됐고 상자 안에 거울을 45도 각도로 끼워 넣은 후 젖빛유리를 통해 상을 관찰할 수 있었다. 필름과 인화지만 없었을 뿐 카메라 자체는 이때 완성된 것이다. 화가들 사이에서 널리 사용된 카메라옵스큐라를 비로소 사진을 제작하는 도구로 사용한 것은 프랑스인 니엡스부터다. 1826년 그는 카메라옵스큐라를 이용해 천연 아스팔트인 '비투멘'으로 요철의 사진 판화를 만들었다. 이를 활용한 프랑스의 다게르는 요오드화은을, 영국의 탤벗은 질산은을 이용해 최초의 사진을 완성한다.

1888년까지 카메라옵스큐라는 원형을 유지하면서도 소형화 노력이 경주됐다. 크기를 줄이는 아이디어 중에는 주름상자가 있었는데 이는 렌즈의 초점을 맞추는 동시에 부피를 대폭 줄일 수 있는 방법이었다. 렌즈 역시 소형화되면서 밝기는 강화됐다. 수차를 줄일 수 있는 아포크로매틱 렌즈 등의 출현은 고화질과 노출 시간 감축을 가져왔다. 하지만 당시 가장 큰 화제는 코닥카메라의 출현이다. 유리건판에서 젤라틴 소재로 필름이 발전하자 사진을 찍는 것은 훨씬 수월해졌다. 이에 조지 이스트먼은 '누구나 사진을 찍을 수 있다. 당신은 눌러만 주면 된다'라는 모토로 종이에 감긴 롤필름이 장착된 소형 카메라를 내놓는다. 사실 코닥 카메라가 혁신적인 것은 아니다. 혁신은 포디즘처럼 일

1864년 독자적으로 사진을 발명한 영국인 윌리엄 헨리 폭스 탤벗. 좀 더 소형화한 카메라옵스큐라의 모습을 볼 수 있다. 그는 이 기계와 질산은을 통해 사진을 만들었다.

조지 이스트먼. 코닥의 설립자다. 작은 카메라와 롤필름을 이용해 '당신은 눌러만 주십시오'라는 혁신적인 사업을 시작했다.

관되고 매뉴얼된 서비스에 있었다. 카메라는 25달러였고 안에 든 필름(현상비와 인화료 포함)은 DP점으로 가져가면 됐다. 이 혁신적인 카메라와 서비스는 아마추어 사진가들을 양산했고 프로 사진가들도 이 카메라에 매료됐다. 스트레이트포토와 사진분리파 운동을 이끌었던 앨프리드 스티글리츠의 대표작인 〈3등 선실〉도 이러한 기술 발전에 의지한 것이다.

카메라 소형화의 대표주자는 에르마녹스와 라이카를 꼽을 수 있다. 이 두 카메라를 사용한 대표적인 인물은 몰락한 귀족의 자제였던 에리히 잘로몬이다. 독일 포토저널리즘의 효시라 할 만한 인물로 대단한 교양과 매너를 지닌 지식인이었다. 그는 특히 f1.8의 밝은 조리개값을 지닌 에르마녹스로 외교관들의 스냅사진을 찍은 것으로 유명하다. 1차 세계대전 전후로 유럽의 외교가에서는 "협상에는 3가지가 필요하다. 외교관, 탁자 그리고 잘로몬이다"라고까지 했다. 찍히는 피사체가 눈치채지 못하는 사이 자연스런 스냅숏을 찍는 행위와 포토저널리즘 사진 형식은 이때부터 시작되었다고 해도 과언이 아니다. 또 다른 카메라는 독일 라이츠 사의 오스카 바르낙에 의해 개발된 라이카다. 1912년 영화용 필름을 활용한 라이카는 다양한 렌즈까지 호환해서 사용할 수 있다는 장점으로 대량 판매된 최초의 카메라라고 할 수 있다. 이 카메라를 사용해 소형 카메라의 '결정적 순간'이라는 철학까지 만든 이가 앙

에리히 살로몬과 밝은 렌즈를 탑재한 에르마눅스 카메라. 그는 이 카메라를 가지고 실내에서 상대가 눈치 못 채는 사이 스냅숏을 구사하면서 당대 최고의 포토저널리스트가 됐다.

앙리 카르티에-브레송과 라이카. 그의 사진 철학인 '결정적 순간'은 이 소형 카메라인 라이카에 의지한 바가 크다.

리 카르티에-브레송이다.

하지만 유럽과 달리 미국에서는 여전히 대형 카메라가 유행했고 신문을 위한 저널리즘 사진도 그라플렉스 사가 만든 대형 카메라 스피드그래픽이 사용됐다. 이 카메라로 유명한 사진가 위지는 경찰의 무선을 감청해 사건 현장에 경찰보다 먼저 도착해 사진을 찍는 수완을 발휘했다. 일회용 섬광 플래시를 이용해 스피드그래픽으로 찍은 필름을 자동차 트렁크에 실린 미니 암실에서 현상하고 인화해 바로 신문사에 팔았다. 당시 금주법 시대의 어두운 뉴욕은 그에게 무궁무진한 소재를 선사했고 그의 명작 사진집 『벌거벗은 도시』가 세상에 나올 수 있게 했다.

20세기 초반 유럽의 각 나라들은 다양한 카메라를 출시하고 있었고 아직 시장을 석권한 메이커는 없었다. 하지만 히틀러의 나치즘과 무솔리니의 파시즘은 점점 유럽을 전쟁의 소용돌이로 빠져들게 했다. 전세계 포토저널리스트들은 보다 작고 견고하며 다양한 렌즈를 활용할 수 있는 카메라를 요구했다. 이런 요구에 부응한 것이 라이카와 칼 자이스의 콘탁스였다. 견고한 금속제 보디에 초광각부터 망원렌즈까지 활용할 수 있었던 이 카메라들은 전장에서 기자들의 눈이 되어 주었다. 함께 매그넘이라는 조직을 이끌었던 앙리 카르티에-브레송은 좀 더 예술적으로 보이는 라이카를 선호했고, 광학적으로 기계적으로 완벽성을 추구하던 콘탁스는 로버트 카파의 사랑을 받게 된다. 아마도 2차세

스피드그래픽과 대형 플래시를 사용해 뉴욕을 밤을 벗겨 버린 사신가 위시.

2차 세계대전 당시 종군기자였던 로버트 카파(왼쪽)와 조지 로저. 각각 콘탁스와 라이카를 목에 걸고 있다.

계대전 사진 중 하이라이트라 한다면 그의 〈노르망디 상륙 작전〉을 떠올릴 것이다. 그때 카파와 함께 갯벌로 뛰어든 카메라가 바로 콘탁스였다.

2차세계대전의 총성이 채 사라지기도 전에 1950년 한반도에서 전쟁이 시작된다. 한국전쟁은 이념의 양체제 간 대리전 양상으로 벌어졌다. 전장에서 베테랑으로 이름을 날리던 사진가들이 속속 한반도로 몰려들었다. 물론 이번에도 가장 많이 사용된 카메라는 라이카와 콘탁스였다. 하지만 물량이 달렸다. 독일의 분단과 산업시설 파괴가 빚어낸 상황이었다. 사진가들은 일본으로 눈을 돌렸다. 20세기 초반부터 독일과의 제휴로 렌즈 기술을 발전시켜 온 일본광학과 캐논 사가 있었다. 이들은 이미 라이카와 콘탁의 호환렌즈를 제작해 오고 있었고 가격도 저렴했다. 한국전의 대표적인 종군사진가인 데이비드 더글러스 던컨의 독일제 카메라 역시 일본 렌즈가 달려 있었다. 일본 카메라 업계의 중흥이 눈앞에 있는 듯했다. 하지만 아직이었다. 한국전 휴전 후 1954년 라이카 사는 슈퍼 베스트셀러이자 가장 정밀하고 견고한 카메라를 개발해 세상에 내놓는다. 바로 M3다. 보다 쉽게 렌즈를 교환할 수 있는 베이어닛 마운트에 다양한 화각을 동시에 정밀하게 초점을 맞출 수 있는 레인지파인더와 밝은 뷰파인더를 결합했다. 엄지손가락의 힘만으로 필름 이송이 가능한 레버 등은 포토저널리스트와 작가들을 매료

한국전쟁에서 뛰어난 활약을 펼친 종군사진가 데이비드 더글러스 던컨이 사용한 카메라 M3. 라이카 사에서 야전에 사용할 수 있는 속사 비트를 달아 한정 생산해 몇몇 사진가에게 전달한 것 중 하나다. 상판의 D는 그의 이니셜이다.

"The eye should learn to listen before it looks."
Robert Frank, Photographer

Frank (1924) is an American photographer. He is most famous for his iconic photobook, The Americans. To capture the perfect photographic essence of post-war America, Frank used a Leica.

Join the legacy

사진집 『미국인들』로 유명한 로버트 프랭크의 작업은 M3로 이루어졌다. 그로부터 50년이 지나 라이 카 사는 자신의 새로운 디지털 카메라 M을 출시하면서 젊은 날의 로버트 프랭크의 초상을 활용했다.

시켰다. 당장 이 카메라를 들고 혁신적인 사진 이미지를 창조한 이가 있으니, 그가 바로 로버트 프랭크다.

우연이 아닌 필연으로 로버트 프랭크는 '결정적 순간'의 후예다. 스위스 출신의 이 젊은 사진가는 미국으로 이주해 성공적인 상업사진가를 꿈꿨지만 그의 미래는 다큐멘터리사진가이자 예술가의 길이 노정되어 있었다. 구겐하임 재단의 지원을 받아 미국을 횡단하며 기록한 사진은 『미국인들』이라는 이름으로 1958년에 델 피르 출판사에서 상재된다. 이는 앙리 카르티에-브레송의 『결정적 순간』이 출판된 지 6년 후이며 그 사진 철학을 전복하는 '비 결정적인 순간'의 반항을 여지없이 보여 준다. 거친 톤과 빗나간 초점, 과격한 앵글과 삐딱한 프레임은 미국에서 출판이 거절될 정도였다. 하지만 비트제너레이션 시인 잭 케루악의 서문과 비평가들의 찬사 속에 단번에 미국을 가장 잘 표현한 작가로 반전한다. 그가 이처럼 혼란스런 평가를 받게 된 데는 라이카 M3가 결정적인 역할을 했다. 같은 카메라도 누가 사용하느냐에 따라 전혀 다른 사진을 보여 줄 수 있다는 대표적인 예일 것이다.

이후 등장하는 게리 위노그랜드, 리 프리들랜더, 다이앤 아버스 등은 형식적으로 다큐멘터리를 취하지만 내용적으로는 주관적이며 예술적인 취향을 드러낸다. 특히 다이앤 아버스는 독특한 소수자 취향과 거친 기법으로 대상의 내면을 표현했다는 평가를 받으며 일약 현대사

다이앤 아버스는 집 근처 센트럴파크를 오가면서 일반인을 모델로 섭외해 찍었다. 초기는 롤라이플렉스를 썼지만 말년에는 렌즈 3개가 교환되는 마미야플렉스를 사용했다. 뉴욕현대미술관의 기념비적인 전시 〈뉴 다큐멘트〉전에 함께 초대된 게리 위노그랜드가 찍은 사진이다.

진의 총아로 떠오른다. 그녀는 당시 포토저널리스트 사이에서 많이 사용되던 6×6cm 필름 판형의 중형 이안리플렉스 카메라인 롤라이플렉스에 플래시를 사용한 것으로 유명하다. 어찌 보면 내용은 로버트 프랭크를 따랐지만 형식은 위지를 따랐는지도 모를 일이다. 그녀는 이 판형의 사진을 크롭하지 않고 그대로 작품화하면서 이후 탄생하게 되는 여성 사진가들인 메리 엘런 마크나 애니 레보비츠 등에 큰 영향을 준다. 이들은 렌즈 교환이 가능한 핫셀블라드를 즐겨 사용했다.

하지만 전 세계 카메라 시장은 일본의 일안리플렉스 카메라로 이동하고 있었다. 에르마녹스의 개발 이후 일안리플렉스 소형 카메라의 가능성은 꾸준히 있어 왔지만 가장 큰 걸림돌은 미러의 기술적 한계로 셔터를 누른 후 파인더는 암흑이 된다는 점이었다. 1949년 동독의 자이스는 콘탁스S를 개발해 웨스트레벨 파인더 대신 아이레벨로 볼 수 있는 펜타프리즘을 탑재하면서 일안리플렉스 카메라의 가능성을 열었다. 이에 일본의 아사히 펜탁스 사는 1954년 퀵리턴 미러 기술을 개발해 셔터를 누른 후 재빨리 미러가 복원되는 혁신을 이뤄 냈다. 이후 1959년은 이 모든 일안리플렉스 기술이 총화된 니콘 F가 출시된 해였다. 여기에 어안렌즈에서 초망원렌즈까지 제공되며 모터드라이브와 다양한 형태의 파인더까지 제공되는 '플래그 십' 카메라가 탄생한 것이다.

이후 전 세계 시장은 소형 일안리플렉스 카메라로 재편됐고 니콘, 아사히 펜탁스, 코니카, 미놀타, 마미야, 올림푸스 등의 일본제 카메라가 석권한다. 이에 따라 베트남전에서 사용된 거의 모든 카메라는 일본 카메라였으며 이전까지 볼 수 없었던 새로운 형태의 포토저널리즘이 등장했다. 영화 〈지옥의 묵시록〉에서 미치광이 커츠 대령을 추종하는 사진기자로 출연한 데니스 호퍼의 목에는 니콘 카메라가 3대나 주렁주렁 매달려 있을 지경이었다. 이후 니콘의 F 시리즈는 현장에서 사진을 찍는 기자나 작가 모두에게 가장 신뢰할 수 있는 카메라라는 확신을 주었고 그것은 만년 2인자 캐논이 1989년 EOS1을 내놓기까지 지속됐다. 사실 이때까지 일안리플렉스 카메라는 자동노출이나 프로그램 노출 기능까지 카메라가 가질 수 있는 거의 모든 기능을 선보였지만 자동초점 기능만은 해결하고 있지 못했다. 사진가들은 여전히 손으로 렌즈의 경통을 돌려 초점을 맞춰야 했고 이는 오랜 경험과 훈련을 요구하는 것이었다. 하지만 캐논의 새로운 카메라 EOS1은 그런 문제를 단번에 해결했다. 다른 카메라 경쟁사들이 도저히 따라올 수 없는 오토포커스 속도는 무기로도 쓸 수 있다는 니콘을 미련없이 내려놓기에 충분했다.

독일 철학자 발터 베냐민은 사진가를 외과의사에 비유했다. 본질적으로 해부해 들어간다는 의미로 사용했지만 사진가나 외과의사 모두 도구가 필요하다는 공통점이 있다. 사진가에게 메스는 날카로우면 날카로울수록 좋다. 하지만 무턱대고 비싼 칼이 아니라 자신에게 가장 적합한 도구가 필요한 것이다. 카메라는 사진의 발명 전부터 존재했으며 사진의 발전과 같이했다. 사진가가 새로운 카메라를 요구하기도 했으며, 새로운 카메라가 사진가의 새로운 형식을 낳기도 했다. 내게 가장 좋은 카메라가 무엇이냐고 묻는다면 다음과 같이 말할 수 있다. 손에 잡았을 때 그것이 손의 연장으로 느껴지며 파인더를 눈에 대는 순간 그것이 내 눈이라고 생각되는 카메라다. 그런 카메라가 무엇이냐고? 어떤 카메라든 꾸준히 3년만 사용하면 그렇게 된다.

영화 〈지옥의 묵시록〉에 출연한 데니스 호퍼의 모습. 베트남전 당시 니콘 카메라가 얼마나 위력적이었는지를 보여 준다.

분쟁사진가 제임스 낙트웨이가 포함된 포토저널리스트 에이전시인 VII의 캐논 EOS1 광고. 이 카메라로 캐논은 최고의 카메라 제조 회사가 됐다.

NIKON FA
제조사 니콘 | **카메라형식** 35mm 일안리플렉스 | **사진 판형** 24x36cm
렌즈 마운트 니콘 bayonet mount | **뷰파인더** 아이레벨 펜타프리즘 | **크기** 142.5(W)x92(H)x64.5(D)mm | **무게** 625 g
초점 매뉴얼 포커싱 | **셔터** 1/4000~1, P, S, A, M MODE | **노출** 중앙중점 측광 지원

Carl Zeiss Distagon T* 35mm f1.4
제조사 칼 자이스 | **최소 초점 거리** 30cm | **렌즈군** 9군 11매, 직경 78mm

1장

Minolta CLE
제조사 미놀타 일본 | **카메라형식** 35mm 레인지파인더 카메라 | **사진 판형** 24x36cm
렌즈 마운트 라이카 M 마운트, 28mm, 40mm, 90mm 전용렌즈. | **뷰파인더** 레인지파인더
셔터 구조 및 스피드 가로 주행식 포컬플레인 셔터. 1~1000, A MODE

Canon New F-1
제조사 캐논 | **카메라형식** 35mm 일안리플렉스 | **사진 판형** 24x36cm
렌즈 마운트 FD bayonet mount | **뷰파인더** 아이레벨 펜타프리즘, 시야율 97퍼센트
노출 측정 중앙중점 측광(스크린에 따라 스팟, 부분, 중앙중점 측광으로 변경가능), 매뉴얼, 조리개 우선(AE FINDER FN 장착 시)
셔터 기계식 가로 주행식 포컬플레인 셔터(최고 10만 회까지 촬영 가능)
셔터 스피드 8~1/2,000초(플래시 동조 속도는 1/60초, B, X셔터 및 셀프타이머, 다중노출가능)
모터드라이브 장착시 4.5장/초 연속촬영 가능 | **크기** 147x97x48mm | **무게** 805g

PENTAX LX
제조사 펜틱스 | **카메라형식** 35mm 일안리플렉스 | **사진 판형** 24x36cm | **렌즈 마운트** bayonet mount
뷰파인더 아이레벨 펜타프리즘 | **측광** 필름면 측광방식 | **노출모드** 조리개 우선 / 매뉴얼 | **노출보정** ±2EV(1/3EV씩 가능)
필름감도 설정 6 – 3200 / 매뉴얼 설정 | **셔터** 125 – 1/2000, B | **동조속도** 1/75 | **셔터타입** 가로 주행 하이브리드식 티타늄 셔터
기계식 비상셔터 1/75 - 1/2000 B | **피사계심도 미리보기 기능** 있음 | **셀프타이머** 있음 | **미러업** 있음 | **다중노출장치** 있음
오토 플래시 전용 외장 플래시 사용 시 TTL 가능 | **크기** 144x90x50mm | **무게** 570g

Leicaflex SL2 **제조사** 라이츠 독일 | **카메라형식** 35mm 일안리플렉스
사진 판형 24x36cm | **렌즈 마운트** R bayonet mount | **뷰파인더** 아이레벨 펜타프리즘
셔터구조 및 스피드 수평 주행식 포컬플레인 메탈셔터, B, X , 1~1/2000초.

ZEISS IKON **제조사** 칼 자이스, 코시나 합작
카메라형식 35mm 레인지파인더 | **사진 판형** 24x36cm
렌즈 마운트 라이카 타입 M bayonet mount
뷰파인더 레인지파인더 | **셔터** 전자식 메탈 포컬플레인 셔터
파인더 0.74x. 프레임 라인 28mm, 35mm, 50mm, 85mm
셔터스피드 8초 – 1/2,000초. A 모드, 플래시 싱크로 1/125

LEICA M4-P **제조사** 라이츠 독일 | **카메라형식** 35mm 레인지파인더 | **사진 판형** 24x36cm | **렌즈 마운트** M bayonet mount
뷰파인더 레인지파인더 | **셔터** 가로 주행. B, 1~1/1000 | **파인더** 28mm와 90mm, 50mm와 75mm, 35mm와 135mm 3종류로 자동 변환.
모터드라이브 전용 모터드라이브를 장착시 사용

OLYMPUS OM4Ti **제조사** 올림푸스 | **카메라형식** 35mm 일안리플렉스 | **사진 판형** 24x36cm
렌즈 마운트 OM bayonet mount | **뷰파인더** 아이레벨 펜타프리즘, 시야율 97퍼센트, 시도조절
셔터구조 및 스피드 가로 주행식 포컬플레인 메탈셔터, B, X , 1~1/2000초
노출 측정 멀티 스팟 측광(2퍼센트 of view: 3.3˚ with 50mm lens)

Canon EOS-1n **제조사** 캐논 | **카메라형식** 35mm 일안리플렉스 | **사진 판형** 24x36cm
렌즈 마운트 EF bayonet mount | **자동초점** TTL Phase Detection Autofocus(5 zone)
뷰파인더 아이레벨 펜타프리즘, 시야율 10퍼센트, 시도조절
　노출 측정 16 zone evaluative, centre weighted, partial, spot, and fine centre spot
셔터구조 및 스피드 상하 주행식 포컬플레인 메탈셔터. B, X , 1~1/2000초 | **크기** 161x112x72mm | **무게** 855g

Nikon F4s **제조사** 니콘 | **카메라형식** 35mm 일안리플렉스 | **사진 판형** 24x36cm | **렌즈 마운트** F bayonet mount
뷰파인더 아이레벨 펜타프리즘, 시야율 100퍼센트, 시도조절 | **측거형식** 보디구동방식의 AF, TTL위상차검출 방식
측광방식 세로위치감지 5분할측광, 중앙중점부측광, 스팟측광 | **노출방식** 프로그램, 고속프로그램, 셔터우선, 조리개우선, 매뉴얼방식
초점방식 S, C, M | **셔터** 상하 주행식 전자제어 포컬플레인 셔터 | **셔터속도** T, B, 30초~1/8000초 | **플래시동조** X 1/250초, 필름면 TTL-BL측광
노출보정 ±2범위로 1/3단계 노출설정 | **필름감도** DX시 : ISO 25~5000 수동설정시 : ISO 6~6400 | **필름진행** S, CL, CH, CS
전원 AA사이즈(LR6) 일반/알카라인 건전지 6개, 전용 Ni-Cd 충전지 | **크기** 169x139x77mm(F4s) | **무게** 1,280g(F4s,전지별도)
기타 동체예측촬영, 자동전원OFF가능, 시도보정기능, 다중노출, 피사계심도확인/미러업, 아이피스셔터,
파인더교환가능(4종--표준파인더,스포츠파인더,웨스트레벨파인더,고배율파인더), 스크린교환 가능(13종), PC터미널, AF-LOCK/AE-LOCK, 방습/방진가능
셀프타이머, 파인더 조명 등

HASSELBLAD X-Pan **제조사** 핫셀블라드 스웨덴과 후지 카메라 일본 합작 | **카메라형식** 35mm 레인지파인더
사진 판형 24x36mm, 24x65mm | **렌즈 마운트** 전용 bayonet mount
뷰파인더 레인지파인더, 시야율 85퍼센트, 자동시차보정, 셀렉터 다이얼을 통한 자동. 일반 파노라마변경 | **셔터** 가로 주행. 8~1/1000
노출 방식 노출 조절 셔터플레인에서 TTL측정, 중앙중점평균 측광, 조리개우선 자동, 수동조절. 노출보정 ±EV2에서 EV1/2단위 조절.
자동 브래킷 ±1/2에서 EV1 간격 표준, 부족, 과다
촬영매수 36장 24장 필름을 사용하여 일반 포맷에서 36장과 24장. 파노라마 포맷에서 20장과 13장 가능 | **건전지** 2개 CR2(전체)
크기 51x166x82mm | **무게** 720g(건전지 제외)

Contax RTS II **제조사** 교세라 | **카메라형식** 35mm 일안리플렉스 | **사진 판형** 24x36cm
렌즈 마운트 C-Y bayonet mount | **뷰파인더** 아이레벨 펜타프리즘, 시야율 97퍼센트, 시도조절 | **노출 측광** 중앙중점식
노출 모드 매뉴얼, 조리개우선 | **셔터** 1/2000 - 16, B | **셔터 형식** 가로 주행 티타늄 셔터 | **모터드라이브** Winder와 motor 가능
기타 피사계심도 미리보기 기능, 셀프타이머, TTL 플래쉬, AE-LOCK 가능, 미러업 가능 | **무게** 735g

최후의 언어

2장

ROLLEIFLEX 2.8F **제조사** 롤라이 독일
카메라형식 중형 이안리플렉스 | **사진 판형** 6x6cm | **렌즈 마운트** 고정식
렌즈 플라나(Planar), 제노타(Xenotar), 테사(Tessar), f3.5와 f2.8 렌즈
뷰파인더 아이레벨 뷰 파인더 지원 | **사용 필름** 120/220 필름

MAMIYA 7II **제조사** 마미야 | **카메라형식** 중형 레인지파인더 | **사진 판형** 6x7cm
렌즈 마운트 bayonet mount | **필름** 120, 220 롤필름 | **사용 렌즈** 43mm, 50mm, 65mm, 80mm, 150mm, 210mm
초점 방식 수동 초점 | **측광 방식** 중앙부 중점 측광 | **노출 방식** 수동, 조리개 우선식 | **셔터** 렌즈셔터
셔터 속도 4초~1/500, b셔터 | **플래시** x 타임, 전타임 동조 ±3 | **노출 보정** ±3 EV | **필름 감도** ISO 25~1600
전원 4LR44 | **크기** 159x112x69mm | **무게** 920g

VERIWIDE 100 **제조사** Plaubel | **카메라형식** 중형
사진 판형 6x10cm 포맷 | **촬영매수** 7장 | **필름** 120 필름
렌즈 화각 100도 Super-Angulon f8/47mm 렌즈
셔터 1~1/500 Synchro Compur
파인더 외장 20mm 라이카 제작 전용파인더 장착

PENTAX 67II
제조사 펜탁스 | **카메라형식** 중형 일안리플렉스 카메라 | **사진 판형** 6x7cm 포맷 | **필름** 120, 220 필름
렌즈 화각 100도 Super-Angulon f8/47mm 렌즈 | **셔터** 1~1/500 Synchro Compur | **파인더** 외장 20mm 라이카 제작 전용파인더 장착
노출 형식 AE 펜타프리즘 파인더 부착 시 조리개 우선식 AE, 수동 및 B 모드, TTL 멀티 6분할 개방 측광, 중앙중점식 측광, 스폿 측광
셔터 전자제어식 수평주행 포컬플레인 셔터, 자동 1/1000초~30초, 무단, 수동 1/1000초~4초, B, X 1/30초
렌즈 마운트 펜탁스 67 더블 bayonet mount | **뷰파인더** 시야율 90퍼센트, 배율 0.75x, 디옵터 -2.5 D~+1.5 D | **미러록업** 순간 복원 미러
크기 185.5x108.5x92mm | **무게** 1210g

HASSELBLAD 500CM
제조사 핫셀블라드 스웨덴 | **카메라 형식** 중형 카메라 | **사진 판형** 6x6cm 포맷 | **필름** 120, 220 필름
파인더 웨스트레벨 파인더, 다양한 아이레벨 파인더도 지원 | **셔터** 리프 렌즈 셔터, 1초~1/500초 | **플래시** 전 셔터 스피드 동조
렌즈 칼 자이스 렌즈 C, CF, CB, CFi, CFE 가능

에필로그

HASSELBLAD 555ELD
제조사 핫셀블라드 스웨덴 | **카메라 형식** 중형 카메라
사진 판형 6x6cm 포맷 | **필름** 120, 220 필름 | **파인더** 웨스트레벨 파인더, 다양한 전자식 파인더도 지원
셔터 리프 렌즈 셔터 | **디지털** 코닥 DCS 프로 백 지원

최후의 언어

최후의 언어 —나는 왜 찍는가

1판 1쇄 발행일 2014년 6월 25일 | 1판 1쇄 발행부수 2000부

글·사진 이상엽 | 펴낸이 김태완 | 펴낸곳 (주)도서출판 북멘토 | 출판등록 제6-800호(2006. 6. 13)

편집주간 김혜선 | 편집 진원지, 박혜리 | 디자인 안상준 | 마케팅 이용구 | 관리 윤희영

주소 121-869 서울시 마포구 월드컵북로 6길 69(연남동 567-11), IK빌딩 3층

전화 02-332-4885 | 팩스 02-332-4875

ISBN 978-89-6319-104-1 03800